2022

中国年度散文诗精选

龚学敏　周庆荣 主编

成都时代出版社
CHENGDU TIMES PRESS

唱成如歌散板/我的性格，简单或者傻，坚持或者顽固，是我和雪花的共同性格/璀璨的枕头上，有老虎的脚印/你居住黑暗小屋，白玉兰是黑色的，灯光是月亮相反的，醒来并不是复活，向太阳致敬吧/我很快就在一场短暂的爱情里一去不返/他知道印在水面上的，不会消失/我用矮和小，回避冬天巨大的迎面的寒风/藏戏的声音从地下长到石头上，石头长到山顶/姑娘，你拍一张爱你的样子/ 在这宏廓的苍穹之下，一切自命不凡、喋喋不休，都是可耻的/花儿开满了四季，铁树却苍翠，不见花开/伤春悲秋太多太多，请给阿瓦提的秋天一些明丽的修辞/翻滚的海，透明的你，盈盈亮亮的月光与蓝色遥遥相望/从遇见乌拉盖的这天起，我把闪电藏起，把忧伤藏起/人，就是人的身体，渐渐地融化，融化于大地托起的时间/于她保持一种血潮的相遇、相触、相契，以及诗词语言的通灵/那是她们为自己置办的、走出自卑和贫穷的护照/远在山之遥，远在路之远/我们听到一种声音召唤理想与信念/行走的个体主义像吟咏的但丁诗篇，时间之上，自约党花人，创造戏剧和结尾/大地，容下一粒乡愁/汗最终冲出皱纹，表达着对时间的赞美/白发一样的雪，针尖一样想要返程/心中的风，欲静不止，把多变的众生反复揣摩/她的头发是她用一生落下的雪/山在各种错综的笔画中，进入盛年/花有花的宇宙，即便抓不住枝头

偌大的落地窗外飘过几朵洁白的云,不紧不慢,优哉游哉,一副逍遥自在的作态暖和了冬天,云与我仅一臂之遥,似乎伸手可捉/田地里,柴犬在独自稀释没有添加剂的水,你把河倒过来,给我看云时,彩虹已经消失/我们困顿在肉体的孤城,算计着昨天时日的得与失,把宽阔的生命交易给生活的囚笼/流在我的故土的河,也是流在游子乡愁里的河。波是故土丰盈的血;抒情的浪,是故土动人的歌/芒神要敬,更要敬从此忙碌的自己/她们打开门,那么疲倦又满足/落日掉进草丛/一件东西,如果只是让你感觉到重量,不如扔掉/爱,从来拒绝敌意,只为从一而终,只为相濡以沫/雨,这些天都不会下来。海喘着粗气,摇头甩掉虚汗沉入水中/我也曾在阳光下,细嗅过蔷薇,光线赋予我的暖意也同样赋予蔷薇,当我还不是一株蔷薇,却同样默认着季节在我们身上的绽放与枯萎/我看见的却不是自己的脸,而是急着赶路的天空/绿,游于一株埋头思考千年的古荷/她有一双洁白的手,在自行车上梳理着风,扬起黑色的瀑布在脑后垂着种种思想/用时间作为永恒的刻度,人间的烟火,点燃我的世界/可能是意外的残端,像一支笔包含所有未知的词语,一朵花想念秋天的果实/夜与昼循环,黑与白相互成全/古老的谷船,像一只命运的帆船,在稻海里认认真真地航行/眼前雪色凝聚,群峰耸立,把对迭山的眷恋吟

目录

C—G

002　蔡　淼　南疆木器（二章）

005　曹　雷　窗前心景（二章）

007　陈劲松　人民医院（二章）

010　陈茂慧　礼物

012　陈萌珂　水墨

013　从　安　火谣（外一章）

016　崔国发　动物的脸谱（组章）

018　东方浩　九华山李太白读书处

020　堆　雪　青岛，海的偏旁：金沙滩

022　风　荷　陌生女人的来信（外一章）

024　冯明德　生命的密码（二章）

026 耿　翔　坐在椅子上的鲁迅（二章）

028 耿林莽　你在南方歌唱（外二章）

031 耿永红　理想主义者（外一章）

034 谷　莉　亲爱的雪人

036 郭　毅　抒怀（二章）

039 郭　辉　小瀑布

H—M

044 韩嘉川　鱼化石

046 侯乃琦　向一朵睡莲致歉（外一章）

048 花　盛　高原上（外一章）

051 黄成玉　向日葵叙事

053 黄鹤权　我比你们更爱生活（二章）

055 姜　桦　犁木街（三章）

057 金小杰　一日寻常（二章）

059 雷黑子　鲤鱼：邮差（外一章）

062 黎冠辰　围炉守岁：解读命运的密码（外一章）

064　李俊功　贴近地面行走

066　李茂鸣　举着一朵春天奔跑（三章）

069　李松璋　未敢抵达：词语的边界（三章）

072　梁积林　河西书（节选）

074　梁永利　星空旋律（三章）

076　廖淮光　在科尔沁草原（二章）

078　林　绿　忙碌者（外二章）

080　刘　川　老刘辞典（组章）

082　刘彦林　几只鸟的清脆啼鸣（三章）

084　刘赞科　在旱季想念雨

085　柳宗宣　语词地理（三章）

087　龙　少　蔷薇

089　卢　静　在悬崖石梯上

092　栾承舟　逾越

094　罗国雄　喊山（二章）

096　马　杰　风起于北边（外一章）

098　马雪花　无影灯（二章）

101　蔓　琳　没结果，也是一种结果（二章）

103 梅里·雪　牧草赋

104 莫　独　祖传的村庄（二章）

106 牧　风　甘南笔记（二章）

P—W

110 潘永翔　冬天诗篇（二章）

112 庞　娟　就这样

114 庞　白　流水（外一章）

116 祁照雨　布谷鸟（外一章）

118 冉启成　小是一种武器（二章）

119 人　邻　另一种歌吟（二章）

121 沙冒智化　拉萨早（二章）

123 石　莹　反方向

125 宋晓杰　那一片理想之地（二章）

128 苏建平　陶罐上的鱼（外一章）

130 苏小青　独唱

131 孙大梅　鸟巢

132 孙　谦　住在秋瑾故居对面

134　唐荣尧　西部：物语晾晒在阳光下（二章）

137　汪　峰　折子戏（外一章）

139　王　悦　战栗（二章）

141　王　妃　高原行记（二章）

143　王国平　江南不似梦里时（节选）

145　王　琪　乌拉盖河（外一章）

148　王彤乐　行星组曲（二章）

150　王小忠　节日

151　王忠民　月岩

153　伍荣祥　鱼鹰小舟及其他（二章）

155　武强华　京城煮雪

X—Y

158　席　地　简单如斯（外二章）

160　萧　风　齐云楼观云

162　小　玖　春之事（二章）

164　晓　岸　人间不可辜负（二章）

167　笑嫣语　回声·音阶

169　谢克强　流逝的水在奔跑（节选）

172　徐澄泉　生活流（二章）

174　徐小冰　以春天为戒

175　徐　源　乡村诗

176　许小婷　南北湖诗笺（二章）

178　薛　菲　生命之源（二章）

180　亚　楠　在伊犁

183　杨建虎　从词到物（外一章）

185　杨犁民　赶路（外一章）

187　杨胜应　重庆浪潮（二章）

189　杨延平　风里冬天又老了一寸

191　杨泽西　雪事（外一章）

193　姚　辉　人与高原（节选）

197　姚中华　翅膀煽起的诱惑（二章）

199　夜　鱼　仙女湖之夜（三章）

202　语　伞　旧书店（节选）

205　喻子涵　过年记

207　袁　伟　春风吹（节选）

210　云　珍　大雪下的村庄

Z

214　张敏华　香湖诗笺（节选）

217　张少恩　大地上的庄稼恩重如山（节选）

220　张　烨　朴素的语言（二章）

222　章德益　萨克斯曲：回家（三章）

225　赵目珍　良辰（外一章）

227　支　禄　猎石（二章）

229　舟自横　我是植物虚无的部分（二章）

231　周　舟　时间管理者（外一章）

233　周庆荣　执灯而立，或影问（五章）

238　转　角　虬枝或禅定（二章）

241　紫凌儿　别肃州记（节选）

243　邹岳汉　伞·碑魂及其他（组章）

246　左　右　过故人庄（外一章）

南疆木器（二章）

沙枣木：花瓶

　　沙枣木做的花瓶，用来装沙枣花，一种带着隐喻的命运被反复提及。

　　在南疆，沙漠的边缘，沙枣摇曳，灯盏解构。

　　书桌之上，一种木头被另一种木头指认、接纳。

　　沙枣木做的花瓶，并不需要什么花朵装扮。

　　它越过疲惫、苍凉，高擎秋天的体香，在书房分娩。

　　一个空花瓶，木质的纹路指向源头。

　　空，一种启示。

　　灵魂泅渡，寓言空置。

　　枯坐。对视。高贵者的天空摆渡在春天的门口。

　　好多年了，我们从头到尾没有说过一句话。

　　时间的缝隙里落满了尘土，夜晚安静下来，整个房子都住在一棵沙枣树里。

杨木：烛台

小巷里燃起一盏灯，微光中闪烁着阿里木*逐渐苍老的身影。

他的身体也和眼前这烛台一样，轻飘飘的，悬浮在尘世之上。

泣血般的呐喊从细小的事物中传来，那些经过铁烙的纹饰在烛台上呈现出故乡和穹顶。手持杨木烛台，红色的蜡烛让原木的烛台有了灵魂。一只烛台叫醒了整个夜晚，微弱的烛光一层一层地剥落。落在阿里木身上的，不只有光，还有无尽的往事和记忆。

制作烛台这门技艺即将在家族内消亡，这或许是时间的选择。阿里木背负着愧疚、衰老，却无法替代传承。黄色的绢布包裹了整个房间，与杨木结缘成就了阿里木一生的必修课。

烛台只有在夜晚才能发挥作用，而阿里木却倾注了整个白昼的时光。

---

*阿里木，维吾尔族人名，意为学者、科学家，象征着智慧。

还有一些爱没有来得及说出,还有一些技艺没有来得及传承,还有一些杨木躺在院子里等待着阿里木的刀斧。

榫卯穿插,随手赋形。

阿里木说,左手活成了一把刻刀,右手活成了一把杨木。

烛台上的光逐渐矮下去,烛台沉浸在黑色之中,静寂,伟大的虚空。

原载于《扬子江诗刊》2022年第2期

窗前心景（二章）

病树之语

我听见阳光款款而来的脚步声。

温暖如雨，播洒在每一缕低垂的枝条上。这声音，点点滴滴，渗透到生命的根须，滋润我全部麻木的神经。

是一种爱意绵绵的唤醒！

这声音，听一回当刻骨铭心。当你款步走近，一身素洁的光辉晒干我呻吟里的霉斑，残枝败叶纷纷坠落，复苏的欢愉在你柔情洋溢的眷顾下，迅速萌芽。

一寸寸靠拢过来的阳光，暖心润肺，强劲的活力霎时就贯穿了干枯已久的生存空间，瘦弱的躯干摇落满目憔悴。

这声音是伸向我的手，牵引我远离朽木的遭遇，避开烂柯的厄运，扶我绕过腐叶的覆辙。当一片片鹅黄在我枝头上彼此呼应，一簇簇鲜活的翠绿覆盖全身，一朵朵花的火焰映亮晴空的季节，我最早成熟的果实一定会挂满感激的露水。

沐浴阳光，万木争荣，我在其中高高扬起了新生的手臂。

窗前

　　那枝静悄悄的三角梅，依偎在天空深深的蓝。

　　你看它时，闪烁着片片光斑；你不看它时，就望向远方默默眨眼。

　　云影徘徊，光阴恬淡。

　　提着菜篮从窗前走过的老人，看到了微风中掉落的花瓣，久久移不动视线。小巷，在吟诵一首诗，开头是晨曦徐徐展开，结尾是夕阳慢慢收拢光线。

　　老人，有点像字里行间一个走动的标点，远处那条生生不息的大河，可是他写下的自传？

　　一生的时光。有时好似连绵起伏的丘陵，读不完的巨著；有时又像滑落山间的流星，一闪就翻篇。

　　起笔收笔都是：某年某月的某一天……

原载于《星星·散文诗》2022年第7期

人民医院（二章）

产科

每一个即将成为母亲的女子都有一颗决绝之心，她将独自面对生命的陡崖，忐忑，又满怀欢欣。

一方人世间最纯净的净土，生长出最嫩的新芽，以及一条大河新鲜的浪花。

源远流长的血脉延伸出姓氏的古老的枝丫。

牵连的脐带，传承着心跳、悲喜，以及血液的潜流。

你喜悦，却流出泪水；

你忧伤，却满怀着蜜意。

有人到来，有人做了恒久的远行。

一声啼哭，嘹亮，干净，迎迓了这个新鲜又陌生的人间。

内分泌

那些微小的事物，被无视，被忽略。

像轻薄的空气流布于世界，你无法看清，无法触摸，它们，则更隐秘地潜伏于我们血液的河流、骨骼的宫殿。

它们赐予我们安然、淡定，也会突如其来赐予我们心慌气短、手足无措。

它们赐予我们力量，也会把它釜底抽薪般取走。

它们让我们阴柔，也让我们阳刚。它们让我们拥有沸腾的快乐，也布下浓雾般的忧伤。它们让我们循规蹈矩，也让我们放荡不羁，离经叛道。

雌激素、孕激素、雌二醇、雌三醇、孕酮、睾酮……胰高血糖素和胰岛素……甲状腺激素、促肾上腺激素、促甲状腺激素……内啡肽、多巴胺……

这些明亮的元素，在我们体内隐身。

它们谨守秩序，我们就有了稳固的河山，璀璨的生命的花园。

……

它们从不曾现身,却一再提醒我们:

请别忽视那些弱的,小的……

原载于《散文诗》(上半月版)2022年第9期

礼物

在沙漠中，风吹来，卷动沙粒扑面而来。

跪下来，捧一捧沙，紧闭的双眼有泪溢出。这么荒僻的地方，这么遥远。你在哪儿？

即使大声说出心愿，也不会有人听到，即使风将声音传播，还没出沙漠，便已支离破碎。

是的，破碎。声音、心愿、心……

与绿色隔绝，与城市、乡村隔绝，与一切生命隔绝。

声音，此刻，除了风声就是自己的啜泣；生命，除了沙粒就是自己。如此简单而直接，谁赋予谁生命？谁提示谁？

不用暗示，不用设防。我是你的礼物，你是我的礼物——沙漠。

博大的胸怀拥抱我，将热情赠予我。

那么多的人奔向草原时是否会瞭望这一角：遥远的麦田飘香，苹果树上的红苹果展露笑颜；天空瓦蓝，偶尔白云曼妙，有鹰快速飞过。

不冀望沙粒下藏有宝石。沙漠，孤独如你，会不会寂寞和忧伤？

除了风声还是风声，雨几乎不会驻足。我的造访，是偶然，也是专程。

我的脚印很快就会被风抹去。

我的歌声很快也会被风吹散。

只有文字与诗情会记录在时间的册页里。

原载于《散文诗》（上半月版）2022年第3期

水墨

鸟是白的,滑板是黑的,水是浑浊的。
鸟站在滑板上,滑板浮在水面上。
水是清凉的,略带寒意。
鸟突然凝视水面,一伸脖就抓到一条拇指大的鱼。鱼的尾巴在鸟的嘴里,鱼只好就这样给它叼着。
鸟的嘴似乎松了松,它看见了一辆摩托车。
鱼掉了,鸟呆立在那里。

原载于《星星·散文诗》2022年第6期

火谣(外一章)

火在虚处有了心跳。

银碗亮了,菩萨用手拢住火苗。北风彻原,蜡烛的心脏在黑暗中搏动。豹来,鹰来,雪来,四面涌来明亮的事物。世界醒了,八方银花开在汝含笑的眼波上。

灭。火破了禅。火用虚词道出肉身。

火是一个人耀眼的伤疤。琥珀凝固,雪白的昙花开在一个人的夜里。

天竺护送一个耀眼的句子。

星星逝去,火种洒下光明的眼睛。

火流着躁热的血。

火像蜈蚣一样在草木上行军,包抄黑夜。

烧,火是红狐狸愤怒的眼睛。烧,烧。一团怒火烧掉名册上的旧姓氏。烧,烧,烧。火烧到读书人的袖子,书上的汉字痛苦地抽搐。

火神,山神。蒙古人祝祷火神的节日。篝火旺,豆大的火苗腾起身来斗舞:蓝绸子,绿缎子,红袖子。火像一匹枣红色雄马,在草原欢快地奔腾。

火焰无须证词。

火不安地跃。

火是春秋乱发的士,迎面劈开周的闪电。盗火者引来天界的火种,秦的铁匠铺有了响声。宋在丹炉里炼一枚银质月亮,磨去铁的棱角。

风吹来有形之物,阳火旺,阴火虚。烽火是匈奴不安的符咒。汉将虚线搭进西域。唐有火的命格。明的宫殿着了火,后背冒出清的寒气。

火中,橡木变成神杖。

祠堂前,一盒火柴安静地躺在匣子里。

手足

手足一起扶持:手抓着悬崖,脚踩进泥泞。手抬着轿子,脚连夜赶路。手开了裂,脚生了茧。手捂住脚,二十个指头在冬夜烤火。

金银满。手预备变节,指手画脚。

手要朝东,脚要朝西。手拈花惹草,嫌脚穿着烂草鞋。手戴着偷来的戒指,给脚戴了镣铐。公堂上,手说,我白手起家。脚说,别忘了,你让我一步步走到今天。

金银尽。手和足分道扬镳。

后来,手和足在故事里彼此怀念,一个望天,一个朝地。

原载于《星星·散文诗》2022年第2期

动物的脸谱（组章）

空山中的蝉鸣

喊破了嗓子。

在太阳落山之前，又补上几句。连同风中的落尘，飘着，飘着，一点点淡淡的忧郁。

此刻，从远方寺院里传来，隐约的钟声，于莲瓣上拈住：

骨头缝中钻出的，一缕瘦瘦的孤独。

深灰色的幻影，在离离的断枝上，脱口而出，一声声蛹蜕的独语。

它的口气，无休无止地重复。

无病之吟：那单一的尾音，鼓噪着一种悲苦。

薄翅上的月光，柔软，沾一身寒凉的晚露，或者融入无人而有幽兰的空谷。潜隐之蝉，于茂林之中，大声地念着，一本本寂静之书。

瘦鸦于飞

　　纸上涂鸦：刚刚落下最后一笔，那只鸦，便扑闪着一双乌黑的翅，茫然地

　　飞向寂寞的虬枝。

　　一万顷薄雾，起自郁郁苍苍的森林，叶落枝秃，窸窸窣窣的风，瑟瑟地抚触，它的一根根粗粝而寒凉的手指。

　　秋天的瘦鸦，于幽深的林壑间，簌簌地拂落：

　　蝉与蟋蟀一声声鼓噪的滥调与陈词，或者一次次吞噬，

　　于神秘的梦幻中飘然掠过，一袭黑衫的影子。

　　漫山遍野的缥缈——

　　有雾萦绕，扑朔迷离的存在，它的虚无便不会消失。

原载于《星星·散文诗》2022年第7期

九华山李太白读书处

大雾。石碑。银杏树。

两棵古老的银杏，华盖遮蔽了多少岁月的方圆。斑驳的石碑，深深浅浅的文字，在大雾中潮湿地显示。——这是九华山的一角，这是李太白曾经读书的地方！也应是大师吟诗的所在！

我四处寻觅，试图找出太白的足迹和声音，找出当初的茅棚和椅凳。我是从山脚下那座石拱桥边过来的，一条弯曲的小径早被我的目光拉直，可是哪里还有大师的一丝痕迹和气息呢？

"李白读书处"，我停下脚步，我抬头读十一月的冷风和满眼的金黄，低头读坎坷的青石板和石缝里的野草，但我读不透四周的大雾和大雾后面起伏的远山。只有三三两两的游客，在这里那里指指点点、议论几句。

"灵山开九华"。大唐的风云早已散尽，李白的读书处，此刻筑起崭新的屋子，连绵在山间，白墙黑瓦、檐角挑破雾气。

商业或营利的大潮席卷时代，九华山何以幸免？诗仙呀，如果此时我拿出随身携带的诗集，如同你当年对着远山近树大声朗读，是收获掌声，还是被围观和讥嘲？

山中的大雾终究会渐渐散去，内心的雾依旧浓厚和湿冷。

原载于《星星·散文诗》2022年第11期

青岛，海的偏旁：金沙滩

凤凰掠过海岸，留下一片沙滩。

那凤凰是金凤凰。因此，翅膀幻化的沙滩，也是金色的。

这是传说。很快，就会被一波又一波海浪淹没。

我来到这片沙滩时，正值盛夏的清晨。一涉足绵如丝绸的沙滩，就会感到扑面而来的热风。想必那看不见的凤凰还在，空气中，回荡着翅膀拍打的声音。

海浪，一定是另一对翅膀，不停地溅起现实的浪花与沙粒。

一波又一波浪涛推陈出新，反复修改海岸线的曲度。像是一位少女，对着天空，反复修饰自己的弯眉，和对于美的期望值。

像是传说在传说中被重塑。世界，也在一曲交响乐的推波助澜中，呈螺旋式跃升。没有尘埃，面对无限的辽阔，所有来自心底的歌声，都在浪花中洗过。

最好是赤足蹚进这层层推进的碧波，再向远处跋涉，就能赶上最为壮观的日出。

不一定要在这里拿走金子或耀眼的扇贝。玲珑迷幻的珊瑚，也只藏身于幽暗的水底。

挖一个沙坑，把戴过铃铛的双脚和内心坚守不出的秘密，埋进去。你还有更高更远的理想，始终没有机会向星辰提及。那就折一只纸船，趁着海水退潮，把它放到看不见的远处。

走过去，或者躺下来，你都在她澎湃的怀里。万物，因为一双无骨的大手，而变得无比柔顺。

此刻，不以成败论英雄。像一只船，扬帆或搁浅，大海都给它，足够持久的喝彩和掌声。

原载于《星星·散文诗》2022年第4期

陌生女人的来信(外一章)

像一头小鹿,我的灵魂穿过四季,奔向你。

她也是羞涩的,如同茨威格笔下的那轮月亮,布满了柠檬色的微光。我写信的纸是忧郁的深蓝,跟一个陌生女人的并无区别。

我的心脏是小花房,黑夜在它身上退去,爱的旋涡,隐秘而细腻。

我用腼腆的方块字写下爱和决绝,给了有才的率性公子。如你般逍遥、玩乐,活得恣意。

把孤独裹在衣领里,不漏一滴。

"我希望被你认出,希望你觉察到我的存在。"现在,清水洗尘,桌上的那束白玫瑰是我放的,谜团的芳香不止,停留在R先生41岁生日。

你的脚步声在我的呼吸里穿梭,一盏微火照着忠贞不渝。

从枯萎的生活里爬出。

为了爱情柔软的触角,耗尽一生。

纯真博物馆

"这是我很柔情的小说,是对众生显示出很耐心与敬意的一部。"诺贝尔文学奖得主帕慕克说。

起于爱情,又不止于爱情。虚幻和现实交错,多重时间设计。

纯真博物馆在伊斯坦布尔的一条街道上,是一座建于19世纪的红色小楼。

去看看吧,再听听主人公芙颂和凯末尔的故事。

回忆和欲望,由无数的烟头和物件昭示。阳光打在窗上,过往在墙上演绎一幕幕,无关阶层和贫贱。

空格键打出最后的休止符,秘密业已澄清。爱情在博物馆里躺着,任后世之人追随,遇见一个人的纯情岁月,负暄煮茶。

我心匪石,让耳朵清净,谛听月夜的心跳。

记住"纯真",爱的身体里唯有粮仓和流水。不必装下一小块泪水化作的海。爱情的岛上,只有飞升,没有坠落。对的,如鱼饮水,白茶清欢。

用小语种说出灵魂之曲,不改变一生的措辞。

原载于《散文诗》(上半月版)2022年第3期

生命的密码(二章)

时光为你镀亮生命

路,是沙漠上一串被风抚平的脚印,是用阳光燃烧的金属,比如沙金,在融化之时的一声叫喊,疼痛出一滴凝固的沉默。

沉默是金。

我以珍贵的时光为你镀亮生命,以聚焦的方式与你亲近,在鹰一样俯冲的精确度里,深入自己的速度、力度和温度。

直到耗尽所有的精力和情感,让你在梦中叫醒我的名字时,时空不再滞留一片羽毛,赤裸裸的飞翔,将划出一条永远的线路,比流星深刻天空,更辉煌。

生活就是这么简单

生活就是这么简单。

睡足了就起来,漱口洗脸,剃光胡子,无须护肤霜。天气晴朗，到户外。

散散步，舒展筋骨。速写后，路过早餐店，米粉或面条，如果是馄饨，要加一点胡椒粉。

回到家里，打开电脑，神清气爽。

诗或散文诗，不拘一格。坐久了，站起来练书法，中国传统的繁体字，比简体更书法。

累了，一个懒腰，从书房伸到客厅，沙发上斜靠着打盹。

太阳落山前，蚂蚁子踮脚于暮归的牛背上，好像可以触摸到初升的月亮。

上午喝绿茶提神，下午泡黑茶解闷。

中午一荤一素一汤，晚餐红辣椒炒肉、黄芽白、紫菜蛋花汤，色香味齐全。

遥控器调换着电视频道，晚间新闻里，插播打鼾。

生活，真的，就是这么简单。

原载于《星星·散文诗》2022年第6期

坐在椅子上的鲁迅(二章)

与椅子作战

你身上,越来越低的温度,在暗夜里被陪你坐着的,一把椅子,吸收。

很长的日月里,你用一身瘦硬的骨骼,加上瘦硬的文字,坐烂了一把竹子做的椅子。

淹没在竹子死后的声音里,你不想让世界听见,你也会陪着你的文字哭泣。

你也不想,一生孤独地,坐在这些死寂的夜里,只用愤怒的文字,为吃人者挖掘坟墓。

你想挣脱,一把椅子的束缚。你想迈开,走上街头的步伐。你想挤进,你的学生的队列。

你在挣脱之前,想一炬焚烧,堆在书桌上的这座山一样的手稿。

连同这把,坐烂的椅子。

穿过你,用文字,点燃在暗夜里的那些火光,多年以后,我看见你,还坐在你的椅子上。

你给世界留下一把骨头

你的心脏，带着暗夜里的中国，走向失去你的时刻。

风不动摇，夜色也不动摇。只有你的心脏，在你瘦弱的身体里，带着你的意识，在剩余的文字里动摇。

这个时候，你对一位女人的感激，对一位女人的思念，对一位女人的抱歉，让你冷静了一生的脸上，最后，有些暖色。

这个时候，你还想用尽眼睛里的余光，去寻找暗夜里的孩子。你还想用千万个爱，唤醒他们。

从你瘦弱的肖像上，多年以后，我懂得你的身体，就是你一生的燃料。

那个时候，躺在椅子上微笑着的你，只剩下一把骨头。

你给世界，留下一把骨头。

一把很瘦，也很硬的骨头。

原载于《散文诗》（上半月版）2022年第2期

你在南方歌唱（外二章）

以梦为蝶，这是庄子的事业，古哲人留下的衣钵。
你则是以蝶为梦，在南方歌唱，天使降落诗篇。

黄浦江，苏州河，阴沟与水泥，你在车辆如流的南京路上，见一蝴蝶飞到少女的胸前，那便是，缪斯的翅膀降落。

越过市场的藩篱。涂了漆的雨。你在工业废水污染的河畔，看芦苇高过月光，抒写幽静的河川，漂浮其上的，是灵魂玻璃的点点碎片。

叶子隐藏阴影，白色花是水与阳光的聚合，你歌唱水底的岩石，岸边的橙子林，欧阳江河的玻璃工厂，苏东坡的载酒亭。

大都会的嘈杂与喧哗，你充耳不闻。

那是个泪眼迷离的黄昏，你居住的大楼飘摇若马厩。雨水的哭泣中夜已降临，你的窗户亮起音乐的明灯：

"雨中的马"。

愤怒的马蹄淹没了缠绵的雨，
南方的歌唱覆盖了哗然的市声。

芦苇岸

苇叶青青,流水潺潺,幽幽的芦苇岸边是爱情们栖息的场所。

霏霏细雨披在肩上,打湿了你的温柔。

那是少女很黑很黑的柔发,轻轻擦过他的面颊,引起骚动,一点点蔓延。

抚摸,亲吻;亲吻,抚摸……

然后,将一串紫色的葡萄,留给了你:

"等我。""等我。"他说。

那一叶小舟,已渐渐去远。

夏季的炎热,燃烧过了;喧哗与骚动,燃烧过了。

秋是休止符。

一支箫,唤不回远逝的帆。

九月,芦花已白。

弱不禁风的少女,还在芦苇岸边上站立。

一次次伸出手去,抚摸——

曾被爱情坐暖过的那一方石头——冰冷。

南方：一滴雨

南方。南方是一滴雨。

湿润，清凉，飘逸，柔软。

一滴雨洗亮一片叶子，一夜间便绿遍了山河。休眠一冬的水乡，卷起色彩的漩涡。

树动起来了，草动起来了，鱼儿们浮出水波，杨柳岸又垂下一串串飘动的耳环。

浸润着青草味的松软泥土，在唤我归去；插了秧的水稻田，青青的水葫芦叶子，在唤我归去。

然而，竹叶上的露珠打湿的发丝，却飘满了苍然的雪，我的被狂野的风吹裂的皮肤，沾满尘土和油垢。

我奔下河堤，伸出双手，我的多乳汁的妈妈，能为我洗刷一净吗？

一滴雨，一滴雨唤来了漫天的雨，

一首歌，一首歌唤不回少年时的狂野与欢悦，唤不回炯炯双目中那闪动着的萤火。

原载于《散文诗》（上半月版）2022 年第 1 期

理想主义者（外一章）

有人拿着木棍，蚍蜉撼树，与手持猎枪的人战斗不已。有人拿着砖头，与一只路过的大鹅斗得上蹿下跳，不亦乐乎。更有一条天真的鱼，趁着涨潮，跳上了沙滩。

堂吉诃德与风车大干一场，最终一败涂地，成了笑谈。

海的女儿，为了爱情，索性舍去宝贵的尾巴和黄莺般的声音，换来双脚。

直至一切化成了梦幻的泡沫。

——成了个彻头彻尾的爱情主义失败者。

活在理想中的人，默默忍受着现实的磨砺，他的内心，仿佛蚌壳里挤进了沙子，疼痛不已；

而他悄寂的眼泪是阵风，拂过一堆孤独的废墟——被时光丢弃的繁荣与挚爱：

上面倔强地开着一小朵金黄的雏菊，于残垣断壁中出落得楚楚动人。

这些美好的碎片，跌成了破碎的水晶；他捡拾起来，在墨黑的夜里陈列给自己看。

眼里闪耀着炫目的光彩。

没有解药的事

一只流浪狗的死,沉痛而惨烈。来来往往的卡车把它碾成了薄薄的皮。

铺在马路上,是一张消亡了地标的地图;

无数花瓣凋落,成为春天小小的碑,挂在青春的枝头;

一个人的崩溃。暴风雨大作,街道上女人失控地号啕大哭;

流星诀别,化为一道白色痕迹,迅疾而决绝;

在世上,你想挽留的一切,某年丢失的漂亮钱包,某个定情信物,被撕成碎片的信。微笑的年轻的照片,一直固执地不肯老去。

某只抽屉里,零零碎碎的杂物,失却了曾经的温度,抚摸过的手指,记忆明晰。

镜子里越来越沧桑的脸,逐年冷却的眼泪,以及欢笑。

倚靠在背后的小桃树成了一个孤独的矮树桩。

人面桃花俱无踪。

曾经生死相许爱着的两个人再也无话可说。于人群里擦肩而过。

……你不能接受的事情正在发生。已经发生的，正在发生的，以及

　　将来发生的。

　　都在原地等待着你。一切将无药可医。

　　有时候活着，真相并没有解药。

　　原载于《星星·散文诗》2022年第2期

亲爱的雪人

很久以前的冬天,雪下得特别大。但是雪花不管多大,落地都特别轻,比梦还轻,我猜她们是梦的妹妹。

我总爱做梦,也就是说梦是我生的,那么雪花差不多也是我生的。

一早醒来我就蒙了。那么多的雪,把窗门都堵上了,怎么推也推不开。这时候我能肯定,这些雪根本不是我生的。雪花跟积雪不是一回事儿,积雪就是白皑皑的大山。

我听见雪的声音,咯吱咯吱的,是有人踩他们了,他们在喊疼。当他们不喊了,门砰的一下就开了,我大吃一惊,天哪,我看到一个雪人和他挖的洞!

雪人浑身是雪,他一动,他的身上就开始下雪,于是我乐了。雪人露出慈祥的眼神,张嘴叫我的小名,我应着,看着他霜似的胡子一抖一抖,更加乐不可支。

以后，我再也不用担心推不开门了。只要大雪堵住门，总有疼爱我的雪人出现，为我开出一条道路。雪山被搬到两边，我在雪的峡谷间穿行，玩耍，比雪花更快乐。

以后的以后，我家搬了，从村西搬到村东，雪也下得不那么大了。但是只要下雪，雪人还是会准时出现。妈妈说，是起了大早赶到这里的呀，谁也拦不住。我踩着雪人扫过的路，唤他赶紧进屋歇歇。雪人说：等我再把大门口扫干净，你出门就不会陷了，脚不会冷。

我以为雪人会永远在，我没想到雪人有一天会融化。那一年，我从上学的省城往回赶，只见到漫天的白。雪，织成了布。

雪人，是妈妈的爸爸。

原载于《星星·散文诗》2022年第11期

抒怀（二章）

为一排小叶榕抒怀

街面的小叶榕站着站着，就封住了市民的眼睛。

它们硕大的绿头，让狠心人开来机器，刈去了它们的臂膀。

看着落在地上的血骨，一个眼神澄亮的小女孩扯着妈妈的裙裾：它们痛吗？妈妈说：痛啊。

这对话小叶榕听到了，在风中抖了几下。瞬时，雨点落下来，就像小女孩旁落的泪。

数年长成的小叶榕，拂着各自的伤痕在风中坚挺着，伸出残臂上才长出的几片绿叶，渴望有一天还能抚摸，还能彼此把爱情倾诉在光合中。

而过路的市民一眼望去，都说：这下亮多了。他们心里被俗世揉弄的，远远不止这些。

拿着一本书，靠在被刈去臂膀的小叶榕树干上，阳光照得我被岁月刈光的头顶发亮。我听到小叶榕们与风交流的心语，看不清书上的每一个字。

是它们让我失去了心境，还是我已失去了在世洞察事物本真的眼力？

数米之外，两个为爱争执的男女，在小叶榕下互责着就要分离。我听到小叶榕在风中劝慰：好好生活吧，我们这样了还等着牵手，希望把爱进行下去。

瞬时，我觉得小叶榕多像一种象征，和世人站在这座城市里，就像失而复得的爱情，就像小女孩牵着妈妈的裙裾走在小叶榕的掩映下，怎么看都是一种别致的风景。

一块石头的硬度

一块石头的硬度取决于在世的修为。

从宁静的安详到炙火的指望,来自地底的岩浆软硬兼施的初始化,古老而又绵长。

由此引发的轰动,高低起伏、大小不一,流浪在世上,突破孤独寂寞的边界,将各自的性格、情趣投射于轮廓清晰的日月之光。

甚至锻打非得使出铁锤、钢钎,顺着纹理才能裁出山的高昂、水的低吟。它们不确定的形状,从出生始就对地震、海啸发出与生俱来的抵抗。

方寸之间,世界的硬镶嵌的美好,有更多的软在石头支撑中,长出树草。但我怎么也忘不了它们投匕的一刹那,为正义向邪恶勇敢的一击。

那向光的举止,只为多数泥土产出的粮食而紧紧跟随。此地山冈翠绿,绵延向远,躺睡在母性大地的怀抱,把鼾声再次跋往坚定的梦想中。

原来酣睡如此圣洁、丰富、迤逦,覆盖着正厅别院,轻俏于时空中每只飞翔的翅膀。

    有多少路承载着世界的深浅,就有多少道弯沿着石头一块块把青春码高。

    明天我将到达另一座峰顶,那青春中的我,又会像石头杵在哨位上。

    一块硬性的石头领着一群坚硬的石头,探测着世界的深浅,因自由而快活,从心里走出苦来。它们有序地列在翠绿中,仰面朝日,或俯倾向月,用星盏辉映着世界,稳定而坚韧,从没把自己移偏。

原载于《诗潮》2022年第1期

小瀑布

水族里,这生养在深山的小瀑布,一直认着自己的命。

——命悬一线。

山中大片大片的时光,化为水滴,融入其间,漱石枕流,无始无终。

有定力,从不仰天长太息。

闹中取静,顺势而为,延续着自古而然的小奇观。

一条悬空的声带,自上而下,用本地的方言俚语,讲过了又讲,说过了又说,阐述的都是——只有人间草木品得出其中况味的民间哲理。

世事如浮云。

临水洗耳——

听是一种快感,不听也是一种快感。

脚步是细密的,有古典美。但在风雨来袭的夜晚,就会暴走起来,暴跳起来,暴啸起来。

宣泄出隐忍经年的冲动，吓得那些湿漉漉的石头，一头雾水，不知所以。

若有谁问起姓名，就会垂下了眉眼，自谦道：

贱姓罗，名溪。

白花花的水飞着，白生生的雾气浮着，多像是佳人隐隐，仙袂飘飘。

这小女子呀，生生世世，都——

命若琴弦。

在悬崖之上，在自行选择的无路之路上，以又有水性又有野性的如歌行板，弹拨着一挂《水龙吟》。

从没有休止符……

原载于《星星·散文诗》2022年第12期

【HIM】

鱼化石

真相,是石头里的一条鱼。

应该有各种飞禽掠过水面,用翅膀镶嵌天空的明净;

还有不同姿势的风,梳理芦苇的思想与情绪;

有网纹的陶罐在火中烧透了,泥便成了器……

至于牛与牧童、柳笛、苇笠,以及浣女,都是后来的事。

鱼在石头里,这是真相;

是水所及之处,甚或是水的高度。

江河湖海脚下的石头在走,水也在流,且流了很久很久;

甚至高过泥屋、田畴、树梢与城郭的漫涌与恣肆横流……

而鱼的呼吸凝固了,凝固于石头。

在石匠的锤子、錾子的敲叩下，石头醒来了。

醒成了磨盘、石臼，宫阙的台阶，人们朝拜的石窟神龛；

醒成了高楼大厦，城市路牙石、碑刻，甚或在隧道过梁的石拱里，还有鱼形张开的嘴嵌有没呼出的呐喊……

原载于《上海诗人》2022年第1期

向一朵睡莲致歉（外一章）

花在道旁，来往的车要减速慢行。如若不然，就拜托过路的人把她摘下，给她新生。

自在佛在冬季为牡丹搭起小房子，让日本僧侣以花观己。百年后，柔风将慈悲还给故土。万物自有内在美，与你一生一会。

真诚的问候漂泊在记忆之海，在陶瓷中重新浮现。浪费花就是杀生啊！有人爱花如惜命，悉心聆听花的诉说。向一朵睡莲致歉，竟忽视蕴含的数学与焰火！

她爱过一株紫藤，尝试以很多种植物代替它。而它，活在彩图册里，紫色灵魂的作品——那化作修行者布包中的伞，呵护小小的喜乐。

十二点

怕光的诗，带着夜的静谧蜷缩进夏日。信仰推动绿皮火车，让深渊与悬崖抱成一团。

痛苦的人，好久不见。传说中，鹅卵石胎心长出胚芽——我们握过它，却只有此时，感同身受。南方空气湿润，不敢轻易流泪。

日复一日，为城里的花的赝品，浇水、施肥。用肥皂泡、苹果、巧克力为无来由幻想献祭。有人穷尽智慧，要帮我逃脱虚空。

我记得，你下沉到最深处，让句子借来鸟类。

一些花瓣，随风而逝。

原载于《上海诗人》2022年第3期

高原上（外一章）

一场雪落白沉静的山川，像为你铺开宽广洁净的日子。

悄然来临的事物，轻盈如梦，万物在梦中启程。

远去的时光，唤醒记忆的窗口，桑烟般柔软，抚平生活的折痕，给未曾泯灭的梦想一对翅膀。

异乡和故乡，仅仅隔着一场雪的厚度。

而平凡的你我，依旧在路上，脚印的重叠就是心灵所能遇见的美好。

高原上，我们都是一颗种子，在雪线之下孕育，扎根，成长。

雪有多厚，根就有多深；根有多深，梦就有多葱茏。

夜行

一朵花开在风中，就有另一朵花，在天空沉默寡言。

世界在时光的循环里，像一个人的背影，跌跌撞撞。

风止时,突然就有了生活的味道。那些习惯于喧嚣的生命,终究归于平静,归于一种可贵的孤独和寂寞。

陈旧的事物,自带光芒,像一个永恒的话题或被遗忘的词语——

它的纯净,在于视野之外的开阔;它的明澈,在于纷繁之外的心灵。

或许,被露珠照彻的世界狭小而短暂,且光芒四射。而那些被置于辽阔的言语和赞歌,将在黑夜里乌云般长久地消散。

万物欣荣,被时光掩埋;人生苦短,定有五季存在。这被我虚构的一季,在另一个物象里经历着梦境般的日出月落。

但我总是忍不住怀旧,念叨熟悉名字,也无法改变转瞬即忘的事实,像一个个小灯笼般的日子,藏着火焰,也藏着云烟易散的冷清。

在生活的夹缝里坐久了,心,也只剩一条狭长的缝隙,仅供一丝雨露和星辰挤进来,聆听一条溪水奔跑的跫音。

是的,隐秘的人间,话语与沉默同处一室。

我们习惯于将自己托付给虚幻的远方和未知的星空,在仰首与低头间,完成人生的又一次夜行。

原载于《星星·散文诗》2022年第2期

向日葵叙事

1

把花店买来的向日葵放入插花瓶,没有阳光、土壤,火焰般的热情不会消失。我静默,向一位画家致敬,选择向一颗孤傲的心致敬。他那无人知晓的苦闷,当时无人问津的画作,在荷兰的一个小镇等待怒放。

毫无疑问,它们曾经多么寂寥——

2

湖边踱步,枝头绿意喧哗,一朵尘世的花缤纷飘落,花朵各自守着秘密,我走着,天色渐渐低沉,转弯处的小山坡上,花香坠地,陌生角落在眼中变熟悉,细嗅潺潺水流……

3

谁都向往过自由吧!我解开内心一把无形的枷锁,可靠的风嘲笑我太过痴心妄想,如果对于爱产生疲倦,我多想畅谈一个词语与生俱来的含义。

七天了,向日葵在花瓶中,还未有要枯萎的倦怠。

在一盏灯光之外,稿纸上的字如飞蛾扑火,让写作瞬间有了意义。

如此甚好,向日葵奔向了夜空,那些不想见的花朵枯萎,随心情写下一份珍贵。

4

四月深夜雨声哗哗滴落,我静坐在窗边桌前,彻夜反复读一组诗,人世沧桑,我知晓,一定有一束星光陪着我,孤寂的灯光是我的知己。不远处的向日葵,如星星温柔。

幻象词语,我与夜空交谈,谈论一章抒写植物的诗篇。

我见过的花,凋谢了。会有一阵微风,一段辽阔的抒情,如同我隐藏的一条痕迹,我渴望这一份夜色闲心,台灯下的草稿纸上被我赋予一种可能,尘世的坐标系,我问了自己关于下一步人生路的认识。

两个坐标轴,一个坐标系,构成我深夜的隐秘世界。

原载于《诗潮》2022年第8期

我比你们更爱生活（二章）

当我老了

　　幻想月圆是汉时，一镜青铜。幻想白鹿码头正在起雾，幻想我是感知云彩的人，随时召唤一杯酒来。幻想秋风一吹，水就倒一截，幻想埋下一颗时间胶囊。

　　幻想铜锈是铜的保佑者，幻想目光的姿势如出一辙，幻想耳廓的指引已陆续关闭，幻想惭愧的语言，正承袭一树又一树的花开。幻想过无数种见面的方式，幻想像没预见的就那样遇见，幻想雨水刷一遍天下透亮。

　　幻想一生最后的扑倒广大无边。

迟到的回音

当写下"父亲",笔尖突然变得迟缓,沉重,漫长的里程。

一个人老了,什么都在抽离,蓝天的深邃,满口烟气,像几道掠过心脏的闪电,还有那些震颤。它们弯弯绕绕,短小,在远处的老树下微笑,像一杯清水被阳光慢慢浪费掉。

月光如此美好,不动声色地坐卧着,音乐不停种在耳朵里,我就在窗前枯坐,被折断成一截一截。

哦,父亲。此时当我写到胡须、云层、神谕、沟壑、枯槁的身躯——一条皱纹就扮成你的模样,开到我的额头。

原载于《星星·散文诗》2022年第2期

犁木街（三章）

香气

想象在大街上架一架梯子，我可以在干净的荷叶和月光上走，在水面上那片打开的花香里走。风吹来，一柄荷茎轻轻一晃，那片薄薄的月光已经滚落到河里。

夏天，犁木街的雨水习惯用栀子花传递情意。对这片大地，不说出，并不是因为不爱，只是它们不习惯于如此激情的表达，就像我，离开正午的犁木街，离开你，我不带走任何一件和你有关的事物。

只是为了——从此，每一个夏天，每当梅雨连绵、夜深人静，潮湿的思念和蛇一般的哀伤瞬间袭来，我还能够像此刻一样，一遍遍地想你，用一场梦搬走你的眼睛、鼻子，还有你那樱桃火焰的嘴唇。

一棵树

时间是最无法挽留的事物，一旦长了，连它本身也会被磨损，最终断裂。

所以我愿意用爱情为过去的日子留下记录。将一团火刻上骨头，藏进命里，死在心上，当然，如果需要讲述，也最好只有一次。

就从六月正午那棵挡住去路的石榴树说起吧。

一阵凉风穿堂而过，此刻，沏好一壶茶，一个比我更加炽热的人，正安静地坐在一把竹制的小摇椅上，期待用一场骤雨，遏止住心底的波澜。

荷花的理想主义

犁木街，一朵荷花每天都在迎来送往。许多年，一捧月光一直站在它的身旁。

常常，那朵荷花的表情是不变的，荷花的理想主义，只在它迎风掉头的一瞬。

几十年，深居于一条街巷尽头，除了我，没有人找到过她，她藏身于一幅稚嫩的铅笔画。

她习惯于用一根线条带走门前的流水，提着荷花的嗓子，一只翠鸟，在低头啄食。

原载于《诗潮》2022年第10期

一日寻常（二章）

沉溺夜晚

　　足够了，这沉沉入睡的平原，很少有灯光兀自打亮，惊醒古老的夜晚。

　　偶尔在书中会会老友，偶尔击剑交涉，寻找霎时的闪电，更多的时候，会把被子拉到腋下，海浪、细沙、海鸥的鸣叫，渐渐地漫上来。海，用司空见惯的拥抱，让疲惫的中年人轻而易举地卸下铠甲。

　　脚底的痣抛下缆绳，有锚，深深地嵌进礁石。游鱼开始穿梭，几只章鱼像极了左邻右舍，一生都在打探别人的消息。

　　我拽了拽被子，打探消息的，活成了消息。沉溺夜晚的，浪花一遍遍地吻着，可能一不小心，会吻成海面上那轮温柔的圆月。

查无此人

七年了,只收到过一封信,没有落款,没有寄件人。信封上我的名字和地址,和当年一样,孤零零地站着,并且必须站直,没有退路。

我把它夹进书页,随手搁置在床头,书籍很快漫上来,退潮的时候,这一小枚蚌壳随水退成了书的一部分,退成了一个微小的不能开口的秘密。深夜,我把他们一一记起,又一一忘记。很远了,只有摇曳成火焰的树枝,在我身后低低地合上。一些嘴唇,一些目光,散落一地。

几年后,几十年后,倘若我不经意地撬开那本书,可能会发现一枚珍珠,也可能是一粒砂砾。

原载于《诗潮》2022年第7期

鲤鱼：邮差（外一章）

作为一个倒不过时差的诱饵，我很想被鲤鱼吃掉。

搭乘它，

潜入前世的铜瓦厢，看看上辈子的太阳、破脸盆、桃木棒，究竟是怎样被二黑家的狗，点化。

鲤鱼从不人前背后。

鲤鱼不过是名前世派到今生的邮差，穿梭于发黄的岁月之河，负责着前世和今生的往来邮件。

有时候往今生邮寄一条黄河。

有时候往前世邮寄一块蓝天。

当然，白云如果事先在蓝天里藏好，很容易被夹带到前世的船帆上。

啜泣的光芒，是被允许邮寄到前世的。

欢笑的污浊常常被铜瓦厢以母亲的名义拒收。

我更非常年栖居在旋涡里的那尾清愁。

一朵超重的云坠入河里，而且没有打扮成鲤鱼的样子，肯定会受到河虾的挑衅。

挑衅是小虾米内心的恐惧糊扎起来的虚张声势。

再小的鲤鱼,也会由壮丽的红霞,装扮尾巴。

鲤鱼带着高原的问候,来到铜瓦湖。

鳞片上没有文字,只有一息尚存的茉莉香,记录着河堤内碱性的钟声。

钟声步履蹒跚,拆解着树根里,鲤鱼故意留下的线索。

鲢鱼:隐喻

善于思考的鲢鱼,仿若我暗地里踩出的脚印。

把想不通的哲理,都困在鱼刺里;把想不通的鱼刺,都困在铜瓦厢的喉咙。

明玉在心,一高粱地的呼救訇然倒地。

它祈望每一条活着的河流,都能明白折断一根鱼刺,和挑开一段河床的隐喻。

河堤不会撒谎,也不会解答冰凌。

它给了鲢鱼更多可以讨论的水,更多可以熄灭的火,供渔网参考,供渔船停靠。

水草被冲走了,根还在铜瓦厢,还在我冲不走的梦中。

带疤的铜瓦坝,是鲢鱼身上最关键的鳞片和最凌乱的骨骼,也是嚼食道德的牙齿直至被拔掉,都没有想明白的死因。

霜打了茄子后,藏进了鲢鱼的鳞甲里,躲避历史冰雪的聪明,而我,却无处订购一张返程的乡音。

既然身居高位,鳞语,当然字字珠玑。

鲢鱼,细小的鳞片敬终慎始地贴心于民,轻柔地呼吸,恐把最初的忐忑吹落,流失于砂砾。

理想,铜瓦湖早年流失的鲢鱼苗,长大后,一直遥望着家乡。

原载于《星星·散文诗》2022年第3期

围炉守岁：解读命运的密码
（外一章）

这一夜，我们要围着灶王，让徐徐的火焰舔尽疲惫。

我们要等待，等待一个新岁的降临，像远古的牧人等待燧人氏取火归来。

一年的时光是一块干柴，眨眼就让灶火燃尽。我们不能只顾埋头添火，急了，明年的衣食会烧掉太多，抢食了一家烟火。

灶王爷要察一家善恶，过了这一夜，他要去上天禀明一家的是与非。

静静地追思悔过吧。来年初一，人们都明白，大家该怎么样过日子。

芒神：刻写在庄稼上的日历

那时，文字徘徊在巴蜀之外，巴山蜀水亦如一本皇历。满目青山是纸，一泓清水是墨，那如柔掌的风，是一支笔，巴蜀的横竖是二十四节气。

芒神,被雕塑在芒之上,接见虔诚的膜拜,接见布谷鸟、竹鸡、斑鸠对春天的鸣诵,接见珍贵如油的春雨的到来。

远古的君臣将相,选定这个叫立春的日子,送来狮灯龙灯和牛牛舞,请芒神,在芒之上,似春雨流淌不绝的力量,为巴蜀灌注叫庄稼的精神。

芒神要敬,更要敬从此忙碌的自己。山果是要吃的,戏是要演的,酒也是要喝的。醉倒在山坡上,也要脊梁挺直,再多的粮食,也压不弯腰。

春鞭来抽,春官来吼。我的乡亲呵,四季如山似水,揣满了生机的巴蜀。

巴蜀对庄稼的祈福,在每一个节气里。

原载于《星星·散文诗》2022年第3期

贴近地面行走

终于,道路不弃,逼仄的身影,闪现,亦是闪亮。

痛饮内心的泪水,你和蝴蝶飞过眼前险阻的大山。

山外,溪流贴紧了地面行走,找到茫茫人世的出口。

疾病沉如碌碡,身子轻飘如蛛丝。

风吹吧,一丝一丝地吹,一层一层地吹,吹尽她一时一世的愁绪,吹尽历生历世的罪孽冤仇。

她祈祷清风,内心掀起十二级风暴。

跟紧溪流,渡过水,渡过碎石,渡过一切很急的东西。

她仿佛掏出了身体的疾病,在缓缓的流水间,清洗。

她看见突然面对着她的蓝天,看见蓝天上方永远的远方。

苍鹰贴紧蓝天的蓝,提起她的仰望和一下子无法控制的长泪。

突然惊醒似的,她发现她和世界,已经重新诞生。

滴滴滴,比嗅觉更灵敏。

画着"120"的汽车,震颤天地的鸣笛,仿佛一条长路,掘开了顽疾人间深深的隧道。

原载于《星星·散文诗》2022年第3期

举着一朵春天奔跑（三章）

静夜，想起李白的诗句

静夜，想起李白的诗句，也想起故乡的巴山夜雨。只是在这危乎高哉的楼宇，举头望不见明月。低头除了泊在床前的鞋，也看不见地上的霜，甚至听不到窗外风雨声。

城市也没有遮雨的那一片屋檐，听不到天地之间雨的对话，推开窗，也不能悠然见南山，而是另一扇紧闭的窗户。

想家的时候，只有一个人轻轻拧开生锈的水龙头听水的滴答，听故乡月光的低语，顺着弯曲的水管轻轻流淌。

在水的滴答声中，我的故乡也渐渐长出鸟鸣的花朵。

举着一朵春天奔跑

我无限感慨的岁月里，看见一朵桃花，
又从一根皱巴巴的树枝上，开出明媚的笑脸。

这一张春天的笑脸，肯定是被春风亲吻过的，

粉红的笑脸上，分明还有被春风吻过，留下的泪痕。

一根枯枝，举着一朵鲜嫩的桃花，像是在等待春天里，

一场婚礼的盛宴。

进城的羊

从乡村夜色里逃出来的一群羊，对于他们无助的眼神，我仍感自己无能为力。

在经过城市的十字路口，脚步明显慌乱，甚至完全不听人的召唤，读不懂头上的红灯绿灯，也弄不清脚下的虚线和规则。

一群羊对还在肚子里发酵的青草，满怀感激，对于扬在头顶的鞭子，更是遵从不敢违抗。

一生只能进一次城的羊，总是满心欢喜，以为找到了生活的另一条道路。

但欢乐总是如此短暂，在城市的另一端，一口热气腾腾的鼎锅，正等着他们的到来。

这一群从乡村夜色里逃出来的羊，注定要为这一座美丽的城市，献出满腔热血。

原载于《星星·散文诗》2022年第7期

未敢抵达：词语的边界（三章）

渡口古槐

看见那棵将枝叶不顾一切地伸向河面去的古槐，我知道，这就是传说中的长离渡口了。

我要把包袱里的小世界放下。一路上，它把我置疑的肩膀磨出了血泡。

也要补充水。卖水的人像一只肥猫，在窗口里披着阴影假寐。

弯身俯首几百年，古槐向面前的流水一再询问和叮嘱。心情急切。只见东去，不见西来。河水带走的一切，都曾听见它用枝叶之唇日夜吟唱的那首无始无终的悲伤谣曲。

唱自己的荣枯，也唱人世的兴衰。

目送过多少轻舟划开清波远去？为何远行的人都只是挥一挥手，心里便不再记住送行者的名字？记忆，难道与我们以为的正好相反，属于远方和未知？

江天之间流云飞散，雁阵成行。

打开包袱，在古槐身侧，把背了一路的负重投进流水。一件东西，如果只是让你感觉到重量，不如扔掉。

船来了。现在，身上只剩下那块蓝色粗布。

古槐抖了一下，慢慢直起腰身。

西部故事

青壮之龄的山丘无声隆起。脊背滚烫。长发闪亮如东去之河。

光线滞缓的秋冬季节。这一刻，原野安静，很像一位坐在窗前木椅上沉思的老人。

河床已无须水的陪伴，干脆赤裸。去吧去吧。水如挣脱囚笼之鸟，在一个黄昏时分决然逃离。荒蛮所在似乎从未生长过草木柔情。暮色再次降临。肃穆的蛇阵，弥漫。

山丘脊背无一滴咸的汗液。夜，不再分泌露水。

老人肩上披雪，风化成一尊古铜。

空杯子

诡谲的身影在圆柱背后一闪，雨声挥起千万条鞭子。马群铺天盖地。闪电的牧人披着灰云的斗篷。

一扇大门沉重地打开，里面走出一位手持纸杯的人，不打伞，雨钻进领口和头发，他整个人——包括骨头和目光——都已经湿透。

纸杯的玄机深不可测。接满雨水，却溢出新鲜的血液；放一颗石子进去，却飞出一只乌鸦。

他身后的大门里，空地上的椅子在雨中说话。

原载于《散文诗》（上半月版）2022年第6期

河西书（节选）

1

红柳的枝梢开始发紫，细密的碎花像一根根洇湿的火柴头，偶尔探出头来的一头黄牛，宛若一次古代的落日。转出灌木丛深处的牧人，沟壑的脸膛，是一张西征的图纸。他们把头聚在一起，对火点烟，指着对面的一个岩壁，谈论"距离……远古"。那里有一条蜿蜒的小路，传过来的羊咩也是潮湿的，像是具有霉斑的三弦上奏出的音符。

风正吹着，雾散去，尕尕的发辫拖到了腰际，帐篷摇曳，断了的树桩的年轮，分明神的指纹。那些摩崖上的吐蕃文字。那些牵着落日向西而行的黄昏。

八卦营遗址已是一个稍稍凸起的土墩。那么，我们的身体仿佛一封封受浸的旧信，在一堆篝火前炙烤，授予时间的邮筒。

3

洪水河附近,独山子,一滩的茇茇,被风吹得呜咽咽的,一个伤心的人拉的二胡也不过如此,一辆载重的皮卡车驶过、刮木声声也不过如此。鹰墩上一只老鸹,把头勾进胸怀,仿佛扣紧了钉锦儿的一页门扇。

而一头驴斜斜地站在迎风里,被雪雾染白染没。一次巨大的回忆也不过如此,一次巨大的忘却也不过如此,除非它突然抖动身子叫上一声,而后,缓缓地打着响鼻,走进,越来越深的暮色里。

马莲,枯蒿,一匹大宛马的后裔沿着桩绳,跑着无尽的驿道。

原载于《星星·散文诗》2022年第1期

星空旋律（三章）

观禾斗画展

一群荷花，坐在聚光灯下，绿色有些陈旧。
枯枝似断非断。微风从叶底吹起。
污泥的味道堆积画框边缘。我想起一个人的荷塘，影子徘徊，它的呼吸像是我的，孱弱而安稳。
荷花旁放一幅半裸少女，疑是画家情人。
他半辈子涂鸦，羞涩褪尽，风尘不染。
少女的眼里，几滴露珠，大概是昨夜荷叶上的，围观者为此而争论。
灯光忽明忽暗，暮冬，都喜欢泥里的嫩芽。

星空旋律

星星如棋。这想象过于通俗，罡风一旦暗藏杀机，雪花开遍极地。
猎户座剩下守门的浪人，他遥想的雪花在人间六月化为乌有。
银河离开梦境，承诺缓缓而动。
设法为不眠的足迹，伸延到音符伤透的归途。

归途的微光，演绎血红的沧桑，流星消隐。它的贞洁，是佛果，是红纱巾，是与呓语一样索然无味。

雪花并蒂开放时，忘却甜美的瞬间，没有棋手走出棋盘的边界，它纠结并漂浮浪人的生活。

仿佛过了一个世纪，有人吹响冲锋的号角。

游动的金鱼

一潭响动。幻想的气泡明亮如初，你不懂石卵旁的海草，拥有死一般的等待。

你的孤单挂在没有根系的大树，成长的痕迹贴着我的脸庞。从一呼一吸中，我细听小小的搏动，这水里的小鸟，多么像我于树丫巢居的爱人。

没有风来雨去，没有关闭的心窗，没有等你如云的思绪。

你在弥漫的音乐空间，飞翔着自在的影子，我的每一种暗示，都是你熟悉的饵料。

你构筑冬天的码头，珊瑚花堆满一角星夜。忽明忽暗，你婉约的波纹弯曲我的视线，我在思索，鳞片织成的风衣，该披在谁的身上？

原载于《特区文学》（上半月刊）2022年第8期

在科尔沁草原（二章）

在科尔沁草原倾听马蹄敲打的旋律

可汗的弓停歇在墙上，箭镞失去目标，在一张狼皮里梦见花开和歌唱。

被牛羊遮挡的风景，会在缓缓移动的时光里再现，一如日头会光顾低矮处的蒙古包。

奶酒醇香，在马头琴的反复环绕之后，马背上的汉子只剩下一半刚强，还有一半在旋转的裙摆中间，越磨越亮，越磨越亮，直至成为悬挂在天空的月亮，照见地球村落的每一个庭院。

跟着风起飞的不仅仅是鹰，还有我被广袤草原铺开的身体。

如果允许，科尔沁呵，我想紧握此刻，省去绿草返青生长的过往，只留住一支笔星星点点絮语的时间，像一只鸟在天地间叩拜，不停啄食的幸福模样。

带着马蹄敲打黄色肌肤的飞扬，带着鼓点擂响祖国奋进的呼喊。

与额娜济尔一起看落日

世界很静,像我们肩并肩的沉默。

一望无垠的草地,与落日撕裂的天空平行,如一条绵延远方的铁轨。想着你打马奔驰的样子,我泪流满面,但没有说起,火车那个东西。

近在咫尺,我的心神仍在风中翻飞,一会儿在羊群咩咩叫的眸子里,一会儿又在芳香起伏的草叶间。

美丽的额娜济尔哦!你伏身马背拽着草原滑过的身线,就是我一生弹唱的曲谱。但我还是没有说起,短暂的青草气息里,我长长久久地注视。

你如嘚嘚的马蹄,敲击着我的身体里的祖国。又像是吱吱出鞘的刀锋,对着肥硕的牛羊,无视我眼里轻淌的爱意。

我只说你看晚霞多美啊!它隐藏的伤,足够喂养我们所有的日子。

原载于《星星·散文诗》2022年第5期

忙碌者（外二章）

到小菜园那里去。

辣椒深红，挂在褐枝上。小白菜、绿芹、生姜、菠菜叶子，有自己的位置。以及圆形包菜，心事细卷。

往里面走。

择出红菜心，但不能择得太短。以免后来的菜心很难长大。

妈妈们在自己的园子。

一年四季葱茏。什么事物是永远成功？

继续取出。

一只手如同美。为一个人的幸福而幸福：她们打开门，那么疲倦又满足。

散步者

和一位朋友走路。

面对静，如面对白纸。

身边的春叶长出来，红，还很新鲜。

我们谈了许多。

可在语言的征途，越靠近，越发现：爱是不断打破幻想。那些朴素，有野蛮的放纵。

我们是住在里面的人，要很久以后才知道——
人类在太多方面落后于事物本身。
走一条干净的道路，旁边也有虫蛇窥望。

守护者

她屋子后面有竹林。

竹林后面，有：

山地。哪怕是在顶峰，也能看见排列整齐的果蔬。人们从这里穿过竹林，不断向前。依身在此，她总说，这免于漫长的近山之路。

泉。曾经在很长一段时间，无水，我们就从那儿舀出清洌。南瓜之身，为器；手指和心灵的感悟，为镜。拨开荆棘，自然而出。她早已习惯沁人心脾的安静。我们却为此大呼小叫。

坟。在乡村，很常见。漫山遍野，一点点，记一种消逝。失去的爱人，就在崇山之下。春天，群花烂漫，有一种颜色会迷惑人眼，心生寒意。但她从不提及。

落日掉进草丛。

她在角落，擦亮了好记忆。

老刘辞典（组章）

诗人的嘴唇

诗人的嘴唇乃一种特殊构造：它们被置入诗中，说着与生活不同的另一套语法与词汇。诗人死后，读者吟唱、传诵其诗，诗人的嘴唇又来到了读者的嘴唇上。

最公开的秘密求爱

纪伯伦一首情诗发表后，远方来了一个陌生女人，说她收到了诗人通过诗对她的表白。诗人说是给所有人的，女人骂他渣男，明明是给她一个人的。诗，就是这样，既广泛公开地属于大家，又单独私密地属于某一个人。

以形象入药

《本草图经》载,唐人认为貘可"辟邪",乃画貘作屏;白居易患头风,就曾画貘一只于卧室。将貘当成一味药,服用方法如此简单,画一张像就可。老刘青春期时,床头贴王祖贤海报,不亦服药乎?

迟到的旅行者

考古学家,迟到的旅行者:

在繁华帝国湮没之时才赶到现场,从一片残瓦上惊叹帝国之繁华。

与风景关联的果实

一棵树的果实的滋味并不依赖于周围的风景。而文学作品却不断变化滋味:越是不同时代、不同国家与背景,越是更多被探讨和引申出与其进入之时空相关之内涵。

几只鸟的清脆啼鸣(三章)

喜鹊

　　黑白分明的眼瞳,遇见黑白分明的鸟雀,树枝上的提醒充满预告性,这个不曾预料的消息,我始终相信她的心怀善良。

　　单调的词汇,重复着稔熟的方言土语,像极了故乡土地哺育的憨朴,从这个枝头跳向那个枝头,灵巧的身姿里,透出老山歌一般的爽利和豪迈气。

　　喳喳、喳喳,每抛过来一个眼神,我的喜悦会荡起石子投入水中那样的时光的皱纹。

白鹭

　　眼瞳里的一点黑,记得全是世界的美好。

　　给生活一个洁白的身影,灵魂里的洁白就更令人钦慕。

　　每当展翅翱翔,我的目光便会开满圣洁的芬芳。

白头翁

那一簇白羽,是时光凋零的霜迹吗?那一坨白圈,是生活熬出的盐吗?

通身如墨,啼鸣声的清脆胜似一架琴瑟的独奏。生存的命题从此充满寓意,爱,从来拒绝敌意,只为从一而终,只为相濡以沫。

固守着一辈子的誓言——白头偕老,再漆黑的命运,也会有光明驱散灵魂中潜伏的幽暗。

原载于《星星·散文诗》2022 年第 6 期

在旱季想念雨

  旱季风多，海被扭曲了身子，成一张张未满弦的弓。

  浪从弓弦上弹射跃起，空中绽放为花，露出光洁胴体

  被烈日淋浴。

  海，明显感到了疼，不断狠劲地抽搐翻滚，呜呜咽咽，向山谷里的昙花哭泣。

  原野坍塌，花被拖入水中，葬身鱼腹。

  还有什么葬身时光之腹？看得见进入，等不到回来。一颗颗牙齿玉化成石，丧失撕咬。只有一只孤鹰高高盘旋着，击山越水，搜寻一些故事的残骸。

  雨，这些天都不会下来。海喘着粗气，摇头甩掉虚汗沉入水中。

原载于《青岛文学》2022 年第 8 期

语词地理（三章）

在双层汽车上

　　看到平时没有看到的：另一辆汽车或电车的顶篷；绿化树的树梢。先前的仰视，现在成了平视，目力不及而忽视了的被遮蔽的地方，此刻在我的注视之中。双层汽车经过繁华市区，同立交桥擦身而过，新修的宽阔的马路围绕着整个城区。现代的长江二桥，都市的双层汽车，这些新生的词，与古旧、繁杂的武汉发生联系……"我们的语言可以看作一座古老的城市，一座具有小街和广场、新房和旧房，以及各个时期修建的迷宫……"这座城市每天诞生着新词，而那些旧词在维持着。我们坐在双层汽车上，与那些唐、宋、民国时期的遗迹发生着关系，在新词与旧词之间呈现着一种特殊的张力。

银灰色箱子

　　在城南的一家旅馆，小丝送给我银灰色旅行箱。长方形带有拉杆设有密码，小丝半蹲着演示其打开或关闭的程序。听说我要离开县城准备出远门，小丝送给我的箱子就是一个无声的态度。似乎有敦促你离开的意思。一只旅行箱摆在了面前，它让你瞬间生长不安和害怕，当你面对未知的前途，将内心的愿望兑现于在世间的滚动，如四个轮子。它摆在你面前，它要和你一起出门。

小白菜

小白菜还在平原的菜畦里。今晚又看见它，立在平原的天空下。小白菜顶着雪被露出它的头角。这是儿时获得的意象。我似乎找到了平原核心的意象。你是我隐形的作者；你是我还乡的道路，是过去合影里的肖像，在叫唤我们回到那年的天真。你是空气和呼吸，是阳光，此刻把天和地打开，让我看见童年，运回家门度过冬天的小白菜。我爱吃它体内的菜心（良心）——富含汁液；清白洁净的小白菜，多子多福的小白菜。它是翡翠它是文物它是自然的歌谣。不弃泥土不肯俯就脾性耿直抗争的小白菜，一次次，我俯向你的身子，你的轻或重，把你抱回漏风的房屋。相依为命的小白菜，上天送给的礼物，让我对你保持耐心——这养我性命的小白菜。

原载于《星星·散文诗》2022年第4期

蔷薇

她用红色的浓妆将春日留下,再将黄色的素颜递出院门。

那时的春日还是一截一截的雨水,水珠顺着绿叶躺在蔷薇花苞上,花苞半开,像翻过一半的掌心,总想握住些什么。

外表的刺还在,但更多的,我愿意它也是满月,蒲草,是忍冬花下摆渡的蚂蚁。我没有看清它的面容,梦境告知我的,我都已侧耳倾听了,如果不是,我希望是草尖起舞的精灵,是池塘悠然的睡莲。

蝴蝶的低语是一种力量,它偶尔停留,为蔷薇梳理起春日的华袍。华袍是立体的,充满苦味的甜蜜在阳光下漫踱着舞步。我也曾在阳光下,细嗅过蔷薇,光线赋予我的暖意也同样赋予蔷薇,当我还不是一株蔷薇,却同样默认着季节在我们身上的绽放与枯萎。它们释放出阳光和雨水的面容,又将单薄的叶片栖息在虫鸣之下。

没有孤独是彩色的绽放,没有绽放是带刺的绚烂。

我已听从时间的指令,将一根细软的刺注入体内,并时常接受季节的审视。

春日还在更深的旋涡里嬉戏,我们都是一株蔷薇,在每一个清晨,等着防御,等着融化。

原载于《星星·散文诗》2022年第2期

在悬崖石梯上

云端垂下一根绳子。

一头系着高不可测的天门?一头缚住大地上的小小生灵,卑微里喘息,恐慌中匍匐于神的趾间?

不!一道闪电,终于劈开大山记忆底部的胶片。

子夜,一个石头家族的青皮后生,为攀登上一阶,用尽了一世气力,苍老覆盖它的腰身,艰辛托起它的墓园。

又一块石头,昂起头颅,接力攀登……一端是因惊愕完全静止的钟面;一端是默默逝去的许多世代。

一道天梯,终于在铁崖上初显轮廓。

一只蜜蜂悬足的一根丝线上,吊着一整座花园。

一亿只黄铜汗珠砸地,太阳之翼,才向上飞了一点点。

一个孩子,仰望得脖子酸了,依然含泪翘首。他望见:

记录人类艰难的纹路,游于一页页山岩堆积的史册。

绿,游于一株埋头思考千年的古柏。一级级石梯游了起来,竟然向着银河驶去的方向,欲抛出一条冲天的银练。

尽管迫于重重阻碍,只是低低地绕着危崖,盘旋。

一缕缕芬芳,钻出大地沉重的脊背,覆盖了一条从高原星宿海驶下的大河。

石梯斜倚着千丈高崖,以昭示世人的坚韧不拔,并庄严宣告,自身足以成为大河的一条支流。

太阳,会变成一面金鼓。

大鹏鸟扬起双翼,熔化了风的唇形,一个永远不会冷却的传奇:

错开河,错开河,大禹往西不如往东凿。

一队衣衫褴褛的人自旷野走来,火把中射出一只簌簌颤抖的鸟,终于烧穿了鸿蒙之夜。

蒙上深烟的,是长出冰锥的脚窝。

日复一日,年复一年。野外劳作里遭遇一万道险关,却遗留下铿锵有力的誓言,遗留下,一幅劫难后炊烟袅袅的丹青。

大鹏,又飞去了。

一个孩子久久伏于河流抬起的额头上。

趴下去，才能听见草根下的春天。

一条河母性的鼻息，子夜安慰着灵魂；一条河父性的波涛，白日冲洗着游子们脆弱的味蕾。

原载于《天山时报·天马散文诗》2022年第5期

逾越

她有一双洁白的手，人们说，她是天使。

但她的思想苍白，走路也迈着方步。在长着病痛的夜和清晨，她的手中满攥着阳光。

在半明半暗的光线里，显得惊心。

"诗是什么东西？"她说。

她时常在雨天、双休日，走很远的路，把自己的手交付给粉红色的欲望使用，让叫不出名字像泥土一样憨厚的农人握着，那时，她笑着，人们说，她是天使。

她有一双洁白的手，在自行车上梳理着风，扬起黑色的瀑布在脑后垂着种种思想。她的心里，有无数隐秘，藏得很深。

终有一日，她的潜伏了很久的欲望，从深深的峡谷走出来，越来越大，越走越远，幽灵似的鼓舞她的眼睛向生活的纵深、城市的纵深寻觅武器。什么时候，突破光的封锁线？

终有一日，她不顾一切，自窗里潜出，如一条鱼，脱去一切束缚，然后，交出一个女人的黄金。

而她伸张着手所苦苦索要的散发着香味的枫叶、美酒、权力什么的其他东西，则在那猩红的唇吻后面，恶毒地窥视。

"她的手，什么时候变成了黑色？"人们说，然后，用杂文的目光重新读她。

原载于《湛江文学》2022年第6期

喊山（二章）

露从今夜白

炎热褪去，白露晶莹。万物枯萎前，摩罗翁觉主峰上歇息的那群雄鹰，借它们翅膀扇动的云，和旷野上闪烁的夕光，告诉我们大地的不安。如一种温柔的绝望，草一般生长在玫瑰星空下，灵魂出窍的夜晚。

尘世依旧滚烫。很多年，我没有看到过如此干净的月光。草甸上空盘旋着一团雪，如白玉兰的芳香，抱着珙桐、杜鹃，和蘑菇圈里熟睡的牦牛。我体内无眠着在山巅的一朵没有名字的花。她朴素的忧伤，是黑夜的另一个孩子。

白昼已收回它的放羊鞭。现在，我要请你放下苦难的腰肢。我的月亮情人，我要把你重新放回襁褓里。经过今夜洗礼，你将成为有名字的女儿，等待着做一回不被打扰的母亲。

露从今夜白。风吹着大风顶的心。秋来急，群山惶恐，冬天即将来临。通灵的人戴着月光面具，用洪荒之力使原野生锈，让世界经历一场春秋大梦。

能抓住这紧张而奇异的一刻是多么艰难！除非你愿把这荒郊野外当成故乡，因为，月是故乡明。

呼吸大风顶

清晨，早醒的帐篷，有些缺氧。青草身上淌过的水流声，呼吸轻柔。

没有虫鸣。晨曦如蜜，被云雾湿漉漉地缠绕着的树影，像缴械投降的花斑豹，急着要和我交换体温。

也许是人迹罕至，自然而然的美，既不孤独，也不热烈。融化的雪水，滋润着的，都是籍籍无名的生命。

低头，清澈见底的水洼里，我看见的却不是自己的脸，而是急着赶路的天空。那一刻，大风顶仿佛已经不是小凉山最大的不动产，而那天的我才是。

闭上眼睛，一朵云已在我肺叶间游移。

原载于《星星·散文诗》2022年第7期

风起于北边（外一章）

北风起于桥头，在小镇飞起。

横穿街道，捎带灰尘和纸屑。撞碎在南山之上。又回旋而来，摇晃着旗帜，哗哗作响。

新搬的地址是座平房，能很好地吸收阳光。视野宽阔，能看到落日盛况。

此时正是日落，像一个耗干的蛋黄，硬邦邦地在灰白天幕中下沉。

我立于窗前，看那些瘦小的词语堆起中年的你，多像清霜拍过的桃花。

支架

四月的最后几天，下了一场没有洒水车喷出的水多的小雨。

伴随而来的是气温下降，北风刺骨。

他要接受一周两次的血液过滤。抽出来，输进去。再见他时，变得白净，消瘦。

拿着一沓病例,去盖章,报销费用。准备下一月续费。

他年轻的脊背有点弯曲,像背着一块陈旧的磨盘。

他的母亲双眼装满怜惜:就是找到肾源,也没有手术费啊!

他就像她的手杖,支撑着她一天天盼望出现奇迹。

原载于《六盘山》2022年第4期

无影灯（二章）

悬空

指腹滑过键盘进入熟悉的领地，时间的瀑布倾泻而下，潮湿扑面而来，淋湿了我。

清甜的空气团在房间里，镜头推远，墙壁褪去谎言的翅膀，任由暖色的灯光垂下、氤氲。

漫不经心地敲击之后，一行字贴近视网膜：细胞瘤术后左小腿缺如。

缺如，是一种状态，也是一种可能。

可能是意外的残端，像一支笔包含所有未知的词语，一朵花想念秋天的果实。

心影彳亍。空旷的残端衍生新的空旷，陌生的空旷代替无法紧握的空旷。

走过的路，踩过的沙砾，无限放大，又被粗暴忽略，伸出去的手停在云端。

未知的一切开始飘浮。有草色，有花朵，有穿过无影灯之后浸润黑夜与白昼的痛。

想象不断延伸，失去与得到平分身形模糊的恐惧。幻象销声匿迹，一闪而过的明亮唤醒步态恍惚的帆。

恐惧被揉碎。脚趾走失，胫腓骨已离开解剖图，牵起清风步入黄昏，拐杖接近地面的勇气，是结束，也是开始。

温润在秋日蔓延，藕荷色的裤管穿在一阵风的身上，时间的皱褶里，仿佛洇着露水。

树影沙沙作响，阳光被悬空。

漩涡

水草逶迤，语言的触须远离最初的柔软，用一种漩涡解释另一种漩涡。

无须回避什么。身不由己的事情交给眼睛，真正的过滤网要贴在耳膜上，识别来自声音的伤痕。

天地空寂，平仄之声自舌尖流出，环绕纷纷的尘埃和沙粒。

溪水倒映春天，风雨捡拾战栗的花瓣。消失声音的人间，有那么多的爱和恨，需要我们去遗忘，去辨认。

耳膜振翅欲飞。风声，雨声，虫鸣进入草丛的沙沙声，目光来不及辨别时间的升降沉浮，鼓胀的心事已经失去明亮的音符和路径。

幽远不可寻，耳朵紧扣声音的边缘，直到小剂量的喜悦变成忙音。

夜色深不可测，阳光不可触摸。

一切啃蚀心脏的事物都在胸腹间卸下盔甲，任由肉体的盈余无声消融。

夜与昼循环，黑与白相互成全。

暗影与明亮之间，浮游的动词反复出现，为无法成立的倾听明确身份，等待语言之翼跃上眼眸。

原载于《散文诗》（上半月版）2022年第3期

没结果，也是一种结果（二章）

人间烟火，点燃我的世界

早就已经放弃了，那些忽明忽暗的春天。山，古老而清晰，在遥远的城市之外，像极了远望的某个人。

无须说太多话，暗涌的情绪静水流深。收拾那些飞鸟般的问候，爱与不爱都是一种态度，沉沦或者疯狂，谁能知晓最后的结果？

用雨水的方式潜入，在某个难以入睡的夜晚，与我说话或者喃喃自语，都能捻灭那些虚妄的火种。用时间作为永恒的刻度，人间的烟火，点燃我的世界。

繁茂的人间，我虽是微不足道，但世界正是这一粒粒微不足道构成的。

春天，不过都是没结果的季节

风吹过河堤，所有的芭茅草都舞动起来。那么普通的杂草，一经风的撩拨，便有了一种婀娜的曲线。

春风浩荡。温软的气息无处不在，每一朵花都努力展示春的美好。

饱满圆润的面庞向上延伸，诱惑天空的流云。桃花、梨花、油菜花野蛮生长，她们各自放纵，心照不宣地珍惜一年一度短暂的花期。

野生的七盘花更是不由分说，一层层地将肥硕的绿叶踩在脚下，自以为是地炫耀自己的高度，无所畏惧地表达对春天的情义。在每一块土地的缝隙里，攀爬抢夺生长的养分……

关于春天，秋天冷眼旁观它们的热闹与喧哗。

对秋天而言，春天，不过都是没结果的季节……

原载于《星星·散文诗》2022年第9期

牧草赋

荒寒冷冽的青藏高处，牧人与草互为影子。

牧人放着牛羊时，时间的青草放牧着他的青春。

发芽，结籽开花，打草，喂牛，挤奶，互为低处的露珠，互为高处的雪。

枯过，荣过，骨头上有暴雪和火焰的印记。

尘世的风沙经过，山河草木俯耳贴地，在大雪和小雪之间，牧人草一样扑倒在尘埃里，他看见，一生追逐的羊群如移动的雪莲花，飘移去了云上。

人间事如此卑微，生活的冰碴、雷霆、炙烤都已承受，一个人最后在医院被一匹白布苫住，像一场雪盖住他的草原。

而一棵草融进大地的时间太空阔，空到寂静无边；空到那么多雪粒奔跑在忧伤的风里；空到太阳当空照；空到坟头上长满草，牛羊经过时总要用嘴巴和舌头舔一下或者啃啮他。

原载于《散文诗世界》2022 年第 10 期

祖传的村庄（二章）

打谷

黝黑的双手一次次高高举起，举到季节的眉头。

比双手举得更高的，是一捧金黄的稻穗：饱满，辉煌，灿烂。

这是一个成熟的季节，梦想亦和汗水一起如期成熟。

刚刚过了尝新米节，长者的祝词还浓浓地泡在喜悦里，小小的村庄，就紧随劳动的步骤，敲响了第N次收获的钟声。

激情澎湃，金色的波涛在秋天的胸膛上肆意潮涌，《丰收进行曲》被一粒小小的谷子惬意吹响，每一颗心都那么敏锐，准确无误地捕捉到了鼓点的跳动。

古老的谷船，像一只命运的帆船，在稻海里认认真真地航行。

臂膀举举落落，一记记"咚、咚、咚"的重击声，是推动谷船前进的鼓号。

田棚

秋天,刚打下谷粒的稻草,一把把系成束,一丛丛撑开晒在田埂上。

父亲说,田棚的草顶枯朽了,需要翻新了。

1980年秋收后,村里落实联产承包责任制。分完粮食,多利河畔的老祖田,亦重新分回到父母的手中。当年,喜不自禁的父亲,迫不及待地带着几个亲友,在最大那丘田的一角盖了一间田棚。

劳动的间隙,父亲和他的水烟筒,先做了田棚的主人。

随后,锄头、弯刀、犁铧、木耙,亦一一住进了田棚,还有一窝鸭、几只鸡,而一座火塘,则占据了最佳位置。

寒冬的夜,那条庞大的牛,亦挤进过田棚窄小的竹门。

田棚,梯田简易的家,偶尔,亦被不请自来的爱情,趁黑悄然打扰。

原载于《星星·散文诗》2022年第7期

甘南笔记（二章）

迭山横雪

  冰雪的翅膀都冻僵了，鹰隼怎么高耸入云。

  一群野鹿与静守猎物的狼群对视，而雪豹与马熊、岩羊藏在紫果云杉里谛听胜利者的荣归。

  一切都始料未及，眼前雪色凝聚，群峰耸立，把对迭山的眷恋吟唱成如歌散板。

  这是喀斯特地貌最原始的天然博物馆，这里是奇珍树种和珍稀动物、原始生物的基因库，甘南最美的古生物化石乐园。

  我是一只普通的秃鹫，在这空旷寂寞的峡谷嘶鸣，而连绵起伏的迭山如沉寂千年的岩石，连眼眸都不眨动。整个茫茫雪岭，只是自然界的独角戏。

  这迭山横雪依旧，无视我的存在，无视生灵的存在。我的翅膀已僵硬，我的嗓门已沙哑，连一句像样的话都说不出；在一阵寒战中翻身坐起，竟是惊梦一场。

阿玛周措*

羊群在牧人的追赶中爬上险峻的白石山脉，山脚下的湖水如一只硕大的眼眸眨动着，睫毛闭合中不断舒展的涟漪划成时光的鳞片。

已是深秋，面露沧桑的阿玛周措，在经幡飞动中凝望那一池生命之水。那汉藏传承的千年故事里，我看见明将常遇春策马挥鞭，顷刻间穿越波光粼粼，把马缰一抛，饮马泉边踱步前行，运筹帷幄。

数千米狭长地带，一汪秋水泪光滢滢。有洮州花儿随风而起，那歌谣直逼众人的耳鼓，余音袅袅，挥之不去。

湖畔有马队穿梭，铜铃声声，阵阵嘶鸣，四蹄强劲，在期待驾驭之人。

抬头仰望，天空大片大片的鳞状云影，在女神阿玛周措的身体里演绎着冶力关的传奇和神话。

远处，山顶上羊群和云雀把身影张贴在峡谷巨大的镜面上，与古老的历史融为一体，成为尘世记忆的原色。

原载于《星星·散文诗》2022年第8期

---

*阿玛周措，藏语，意为冶海湖。

【P I W】

冬天诗篇（二章）

向下的雪花

一次又一次，向下；一次又一次，向下。雪花不断描摹色彩，又一次次回归简单和洁白。

绘画，涂抹，每一次都是一个故事。每一次都有真相被说出。

我的性格，简单或者傻，坚持或者顽固，是我和雪花的共同性格。

飘洒或者坠落，向下，义无反顾，撞得粉身碎骨，还是向下。

向下，是一种方向，是一种姿势，也是一种决心，更是一种态度。

一朵向下的雪花，会成为你生命中永恒的瞬间，在夜深人静时，像一个隐藏的故事，唤醒你的梦。

寒冷

寒风像无孔不入的小偷,偷走了我的情感,偷走了我的温暖,只给我留下空白的冬天,让我独自面对无情的寒冷。

暗夜、冰冷、失眠,伴随着孤单,把我仅有的热情,打扫得干干净净。

湖水,绿叶,

花朵,飞鸟……

它们集体失踪之后,三九咆哮而来,所有的颜色都被冷藏。

在整个冬天的寒冷里,时间把一个人变成了另一个人。没有一笔江湖,也没有大地沉沉。

在这样的季节,没有你,即使我穿上整个夏天,也无法抵御,这个冬天无情的寒冷。

原载于《星星·散文诗》2022年第8期

就这样

就这样,白玉兰护念庭院的寂静。

无花果怀抱一兜子哭泣,走来走去,寻找来年返青的路径。

树叶被风吹下,又被风吹出新芽。

就这样,循环不止吧。

你已习惯沉寂,无声,是星空里的苦胆,是石阶上铺路的青砖,是喧嚣声抖落的虚无,是缓缓下落的功利,是黑暗海底燃放的烟火……真实的灵魂,从来,都是远离贪欲人间。

就这样,远离人间吧。

捍卫渺小极致存在,孤独、清高,和兰波美慕动物的狂喜,和史蒂文斯想象可以触摸的事物,"诗是一种毁灭的力量",以最高虚构形式拒绝被委派的阴谋。

楼房里也闹鬼,这是最高虚构。

绿色没有移动。璀璨的枕头上,有老虎的脚印。

就这样，虚构吧。

有人在楼下生产污秽的言辞，谁剥夺了他的善良？

你居住黑暗小屋，白玉兰是黑色的，灯光是月亮和星星，醒来并不是复活，向太阳致敬吧。

得了狂犬病的女人，面容模糊。那些悲哀的鸭子，赤裸交易，赤裸的声音和夜晚。

就这样，月亮是夜晚的交响曲。

让无尘的风运动起来，赋予世界虚无形式和单纯的完美。

隐藏黑夜，蓬勃自我，思想与自己争执不休。月光、水、白雪互相反射内心的白，如此灼热。

就这样，注视现实，一片绿叶停在杯子外面，是想进来吗？

一号楼，一间静悄悄的小屋，像树上重复成熟的葡萄，宝石般完美。

你变成了书。

原载于《星星·散文诗》2022年第8期

流水（外一章）

河边那些草，一部分枯黄了，另一部分刚刚返青。

河里的水，经年流浪，方得以汇聚于此。这是我始料未及的，也是才明白的。

它们饱满，像喂奶的少妇，所过之处，滋润青绿，也滋润枯黄，还滋润灰白的石头以及其他颜色。

河心有沙洲，沙洲有芨芨草、沙棘、沙生槐、蔷薇……它们长在八月，等我来。

八月，我穿过遍布石子的平坡，来到河边。

河里，都是阳光的味道。

我拾起河边一颗石子，托在掌心，把高原温热的重量举过额头。

连绵起伏的山峰上，太阳西斜的倒影，一会儿亮，一会儿暗，刻画无边蔚蓝。

蓝色之旅向南流，有洪波

漫天蓝，瞬间升起的缤纷。看，多像忧伤，多像快乐，多像站立——

大容山南侧出山，自北向南。然后，在北部湾畔，看见期待已久的大海的飞翔和奔放。

而这里远远不只是大海。

在这里，还将看到无数人的凝视、恍惚、呢喃、高歌，以及沉寂和死亡。

上天安排每一个人，生活在每一个地方，在各自的生命历程中，奔波、劳累和收获；安排每一座山，每一条河，每一片海，以各自的形态呈现，展示神秘、丰富和风姿，都有缘由，而且恰逢其时。

南流江和北部湾交汇，就再次验证了清浅和深不可测互通，波澜不惊也可洪波涌起。

原载于《诗刊》（下半月刊）2022 年第 7 期

布谷鸟（外一章）

世上没有英雄的第三天。浣纱的树木连鼻子也模糊了。任何风都可以从它身上碾过。山脉在雾气中分散。

抱着二胡的人抱着自己。在散碎的土壤之间，村庄如音符一般静寂。抱着二胡的人想拉一曲，为了自己的生命和疾病。

北方的平原没有轮子，它在此地的噪音已经入土。此刻活着的只有虫蚁，将新鲜的塑料袋和饮料瓶搬上祭台。

树林之间是迟钝的视网膜，石头上是三千年前英雄咳出的鲜血。那是传说，那是形而上的大地的荷尔蒙。此刻是清晨，也是黄昏。

奶茶

流淌的香气，使我在自己的房间里，看见时间。每个房间都有不同的时间。我们有各自的庆祝方式和二十四节气。

通往茶园的山路上，有缓慢的清明。我必须清楚，我将在哪个节气，彻底焚烧自己。我必须保持清醒。

现在是六月，所有的窗户，都吹过南风。热茶看着我的身体，仿佛在鉴定一件文物的真伪。

我时时自我催眠，时时涂上一层防晒霜。我懂得精致。

使自己成为一个敏锐的瓷片，使自己满脸都是甜蜜的泥土，使自己沉陷。

短暂的舞台剧。鲨鱼和鲸鱼的标本，占据着光线下的光辉岁月。我很快就在一场短暂的爱情里一去不返。

原载于《扬子江诗刊》2022年第6期

小是一种武器(二章)

疾走

再快些。再快些。我甚至跑了起来。

人流涌动,一双冷眼,像箭。街角有多双冷眼,像箭。

再快一些。再快一些。我用疾走,我用跑——

快了,就看不见躲在街角的箭一样的眼睛。

小

再矮一些。再矮一些。我慢慢低下的身子会再矮再小一些。

矮了多好。小多好。矮了,小了——

我用矮和小,回避冬天巨大的迎面的寒风。

原载于《星星·散文诗》2022年第4期

另一种歌吟（二章）

浮水印

寺边有湖。暮色苍茫里，湖水静谧，可以用手指在水面上写字祈祷什么。

用心用命写下的，那刻骨一样认真的几个字，浸透了微寒的湖水。

旋生旋灭，旋灭旋生，那用心用命写下的几个字，不会消失。

湖边，有人，用刻了佛像和经文的印版，在湖面上，一下一下，印着。路人觉得奇怪，可印的人，还在印，印，也许到天黑得看不见了，还会在那儿印。

他知道印在水面上的，不会消失。看不见，是缘于心里本无。心里无的，怎么会有呢？

心里的东西，怎么会消失了呢？心在湖面上，印一下，到了心里；又印一下，又到了心里。

静谧的湖面，印满了心和命。

近乎虚幻的白房子

远山顶上,有白房子。荒凉地方,为什么会有那样一座房子?

曾去过那边,孤绝的山顶上,寸草不生。

是谁在那儿建了那样一座房子呢?盘旋上去的路,在哪儿呢?水呢?那儿是没有水的。

这样的房子,真是奇怪。奇怪的叫人以为是幻觉。

看得久了,转过身来想,真的,还是幻觉呢?若是幻觉,再看的时候,就会消失了吧。

这样想,就有些不敢看,觉得回头再看,房子也许真的就消失了。

也想,会消失的房子,也一定会再次浮现。

但这样想过,却真的有点不敢看了。心怕,那房子真的没有了。一座房子,忽然没了,那一处就是空白。

还有,那房子里的人,也没有了吗?

他们,去了哪里?

原载于《星星·散文诗》2022年第3期

拉萨早（二章）

雪顿唱

冰的手指尖有根火柴，红色的头咔地一滑，点着尘世的一间房子。

你的头再低点，和大地连接在一起。

巨石没有翅膀的缘故在于稳妥。风吹草动的喧嚣，挂在山上，对看彼此的时间，把灵魂洒在纸上，是一个天空。

一声不响，一口气，抵达山上，唱完累了的一生，放开身体里，没有痕迹的风筝。

雪顿节的路，不再有围栏和其余的自己。

藏戏的声音从地下长到石头上，石头长到山顶。

太阳出来了，牙齿笑了。

羊卓湖

她伫立在母亲的肚子里，光形成眼睛，看得很远，其中的墙头，有很多白色的门。

她是一棵树，在雪中藏着自身的阴影。

她是谁？性别早已经被内心擦去了意义。

颜色里流淌的黑暗，有很多种颜色的痛苦，一块石头里，脱逃的太阳，在湖面亲吻着云的嘴唇，脱离土地的每一根杂草，都举着双手，推着身后的一个孩子，往水里扔，没有煮熟的鸡蛋。

你经过的地方，经不起滑坡。

你听过的男人，经不起骨折。

姑娘，你拍一张爱你的样子。

原载于《星星·散文诗》2022年第2期

反方向

沿着河岸逆流而上。

往事哗哗地从身旁流过,伸手搂起,水从指缝里滑落。沾在手指上的是春天的镇龙山。阳光从紫色梧桐花间落下,掉落的花心里藏着一只蜜蜂蜇痛的回忆——

父亲坐在院子里拉二胡,音符随着流水流到一九九八年。

他停薪留职去了珠海,滚滚车轮抽打身后的风声,乌云盘踞在梧桐树冠上,是我体会到的别离。

再后来,是告别。

我在盐里挑拣出白糖递给母亲,她的笑容带着木制的松软。

我们抛弃忧伤,持续在树下跳舞。跳到红舞鞋被泪水浸湿。

——我们牵着她顺流而下。

流水在山沟里唱歌，用父亲丢弃的音符，它们被我们拾起，在春天的草坪上拼凑，

有时候是一首诗，有时候是一道闪电。

原载于《星星·散文诗》2022年第10期

那一片理想之地（二章）

——给家乡的辽河口湿地

荒野的荒

我轻易就找到了你，这得益于神秘的召唤与呼应，得益于无人解读的玄妙与印证。

晴空之下，泥淖即是清溪之河。

走吧！管它是不是时候……

我常常从黑白照片上，认出你；从车辇缓行、尘土飞扬的干燥乡路上，想起你；从某个肩担箩筐粗布衣衫的背影中，见到你。

在人群中待久了，我便坐卧不宁。在人群中，只有"慌"，没有"荒"。

其实，不应该频繁地说到"我"——我已融化；更不应该说到"人"，在这宏廓的苍穹之下，一切自命不凡、喋喋不休，都是可耻的。

在时间与空间的罅隙中，唯此，才能干净地脱身。

那空旷之地，是满满的荒。

而恰恰，是这"荒"让你和尘埃，稳稳地降落。没有慌张。没有阴影。

人类节节后退——以"文明"的姿容。让野花、野草和大面积的静，再次还原你无法匹敌的尊贵和气度。

那一片理想之地

据说，那是摄影爱好者喜欢的场域，那是户外探险者放飞自我的乐园。于我，那是我的理想之地。

源源不断地奔赴，完全是由于——热爱。

那一回，我们去时，堤坝上，还残存着谁用砖头临时搭建的灶台，谁编结的毛毛狗的小鸟儿——它们是小小的磁石，压住了我们惊慌的阵脚。

空镜头。原风景。纯粹的静美，又额外添加了人。

没有见面的人，使视野所及的洪荒空旷，瞬间填充了缺少的烟火气。理想之地，一下子活了。

一片开阔的河汊之间，大批红色长脚鹬起飞、降落，降落、起飞。像小型飞机，在河面上盘桓，鸣叫，嬉戏——"像鸟儿一样自由自在"，这句话，会不会源自这里？

不远处，河湾边留下的排排搬网，是残存的人类遗迹，是古老、原始的再现，是故事的索引、延续……

越开放，越鲁莽。——如果没有湿泥的腥咸，如果没有鸟雀的欢歌，如果没有狂野的风。

静。一头巨兽在沉睡，迟迟不愿苏醒……

是鸟儿，帮助人类找到了翅膀，是荒野借人类升腾了灵魂。

想到的不必说，看到的不必动——是你原来的样子，刚刚好。

——处子之地。

你的湿润、新鲜与蛮荒，是世界的良田。是生命中不可或缺的咸，或盐。

知足。惜福。蒙恩。

眼前所见，即是无限。

原载于《星星·散文诗》2022年第8期

陶罐上的鱼（外一章）

精美的陶罐沉睡之后出现在都市的窗口。这久远的古代啊！这些被捕获在罐子上的鱼，这些在罐子上重生的鱼，在精致的固体中啪啪作响。它们欲动未动的临界使我们忘却窗口之外的声音。我们很快坠入回忆。我们面对自己的居室时陶罐依然沉寂，注视它，眼中的盲点处古月照着远汉的祖先，他们在祈求平安。

你看：来到身边的这些不死之鱼，使我们多么渴望成为一尾游动的鱼啊。

陶罐的平安，我们诞生时子宫的水，

比远处的旧友更加接近。

花事

在离别的时刻，他为她买了一盆铁树和几盆鲜花。

他们才结婚；才结婚就要别离。那些花儿开始陪伴她，随她一起来到阳台，来到阳光中。出于爱怜，她会把花儿从骄阳中挪移到凉爽的地方。那道阳台边的门，在沉思中见证着两团生命进进出出，出出进进。在一起时，她和花儿是何等的互相体贴。

互相体贴着：她甚至都不忍让一片叶子枯萎，绿叶中长出绿叶来，投下更多生动的影子，那才好呢；那些花儿，日复一日，终于开了一些，又一些开了，蓬蓬勃勃，热闹异常，花的光芒照亮了她的双颊。那是有了孩子的征兆。

花事的流逝中，每个周末，都有叩门声。他会回来，与妻子温存。

花儿开满了四季，铁树却苍翠，不见花开。

他们内心里更清楚一个事实：铁树是一生性的，而非四季性的，所以他们走着，共同等待着铁树开花的奇迹。

原载于《诗刊》（下半月版）2022年第7期

独唱

我会在秋天离开。雨水打着荒原上无主的书店，九重高天的风吹我的脸，丰富的大地覆盖我，让我心被香气浸染。

我的灵魂迅速地超越语言，超越语言中风的美好、落叶的悲伤、雁的遥远。

我终于触及理解的核心，人为何因音乐而感动，因好奇而惊叹，因孤独而痛苦，它们的本质：人，就是人的身体，渐渐地融化，融化于大地托起的时间。

我再也无须困惑于色彩的味道、声音的抚摸、知觉的法则。以及无法言说的爱恋。

而最终，我的喜悦完全醒来，抛弃我自己，来到那真实而朴素的理解，那是我的爱，源于你，源于在这恒久的泥土中，等待你，来我身边。

原载于《星星·散文诗》2022 年第 1 期

鸟巢

五月白杨树的叶子，泛起白光的时候，春天已远。

动荡的风，一次次肆无忌惮地掀开了挂在树枝上那些晃动的鸟巢。

一只鸟正在忙碌中，它知道悬在高处的事物，藏着万劫不复的风险。

它依旧专心致志地搭建起一个遮风避雨的鸟巢，这神奇的事物，令人遐想……

原载于《星星·散文诗》2022 年第 4 期

住在秋瑾故居对面

翻开历史的某页就看到她的光阴,此际,我在她的对面旅居。

感觉早年,我就来过这里见她。那时,似乎是骑着一把寒光凛凛的龙泉剑,或者是乘着一条火色的围巾,在血雨腥风中呼啸而至。但这个印象在此刻的故居中,因大痛而消散。那把剑保留于自身的斑斑铁锈,却是一把日本刀,而那条随身周转保留于体温的围巾,也只是一条纯黑的毛线披肩。

剑与鉴同音,锋刃与观照同义,一把剑与一片湖互为激溅而命名,于她保持一种血潮的相遇、相触、相契,以及诗词语言的通灵。在鬼祟混杂的人间,在凌辱和屈就的人间,她在死亡的镜子里自照,在断头的血泊里洞见的人间,在黑暗国度里冥船周游的人间,她血气的冲撞,硕大无边。

而我从这个窗口看过去,那三进庭院封印的激越,早已被街道川流不息的人流和车流稀释殆尽,被时间稀释殆尽。

在暮春与那深处的寂静交流的时辰，我的语词赶过来，随着一只黑蝴蝶再次潜入庭院。我看见，黑蝶所萦绕的灵感物是一件桃红色的丝绸童衣。她也曾在女红上接纳昙花一现的欢愉啊！

原载于《星星·散文诗》2022年第9期

西部：物语晾晒在阳光下（二章）

葡园：她们的琴弦

这些向大地销售汗水和劳作的女人，发梢迎风，像倒立的瀑布给天空递上一个问候；一声咳喘落在葡枝上，我看见云朵抱住蓝天摇晃了一下，一只麻雀趁机飞走。

她们荷锄进园，试图锄尽每一株多余的草，她们执刀穿梭于葡萄枝间，剪断每一根多余的枝条，像一个严格的监考官，带走考场作弊者。她们听见露珠在朝阳中醒来的呵欠声，也听见葡萄藤的合唱如海浪起伏。她们看见：一颗葡萄，是一颗精巧的乳房坚挺在空中，储备着新娘般的娇羞与蓬勃，储备着留给秋天的第一声尖叫，让灌浆时的月光跌落人间，那是大地收到劳作者邮寄的一封封捷报。

她们的嘴里，噙着一把紫色的琴弦，弹奏着关于季节与劳动的另一种绝唱，那是她们为自己置办的、走出自卑和贫穷的护照。

河道：切开时间的腹腔

河道如刀，切开的不是本来连接在一起的群山，而是由商贸、战争、和谈构成的历史腹腔，让属于它的观众，阅读出一部山河大书的内容，山的乳名叫陇山，水被沿途的乡村唤作清水河。

没必要向大海遍撒渔网，渔夫知道鱼儿的家在哪里。没必要盯着"清水河"的名字去考究，看着那躺在两岸干山间的无奈，看着鸟儿渴得吐出舌头也不去喝水，我就知道它的名字是骗人的，在沿途对峙的群山视野里，那是一抹明亮，对两岸的人、庄稼和牲畜而言，它就是多余，是大地的肚子里长出的一条盲肠；对历史而言，对它伴随的陇山两头而言，它是丝绸、军人、瓷器和圣旨的走廊，是男人的胡须或女人的发辫，割下来轻得经不住一口气的吹叹，长在身上却任谁也不敢轻易去触摸，而且还须时时打理，这就是它让历代朝廷不乏关注，却又常常忽略的原因。

风给这里吹不来犹如怀孕般的带雨之云，河就像嗜睡的老人，沉湎于自己的秦汉辉煌、唐宋战火、明时驿道、清代马场的记忆中,风就那样不知疲倦却有气无力地、清扫桌面般地在河道里穿梭。像一名刀客,把一把刀子擦拭得干干净净,司马迁、唐肃宗及一支支中原王朝派出的远征军,沿着这柄刀的走向,走到山与河的终点处,望见黄河张开嘴,像吞下一颗药丸,将清水河和属于他们的历史吸进肚里,消化成一部卫国守疆史;匈奴单于、成吉思汗逆河而上,像是一支支黄河张弓射出的箭头,河道就是箭前进的向导,令他们进犯的朝廷犯愁。我像一股晃荡的风,多次来来回回于古河道上,将千年前的战火和眼前牧羊人的旱烟、两岸人家的炊烟混合在一起,将萧关、长城、古堡读成一部兵书,把沿途的列车、收费站和服务区,试图送进一管羌笛,吹奏出这个时代的"出塞曲"。

夕阳替我看见,河道上漂满金黄的记忆。

原载于《星星·散文诗》2022年第12期

折子戏（外一章）

生、旦、净、末、丑，唱腔和艳丽的服饰。总像楠木接榫起来的家具那么耀眼。她荷叶一样颤动着的体态，因风传递，也因风生暗。故事从古代而来。有仗剑骑马杀敌的劲霸，也有儿女缠绵的柔情似水。他环场游动，她身体在旋转。总有一个轴心，像辘轳从水井里打水。一声断喝，可以像大风摧折树木；一个媚眼，可以掀动大海的潮汐。烈马扬鬃，地平线是一根通畅古今的马鞭；梨花带雨，可以打湿锦笺上无边的辽阔。一招一式或字正腔圆的台上功夫，装饰着明月的前身和后院。我要把折子戏叠进箱子里，等待另一次的牵马提蹬或水袖抖开。

书　房

智者走过的路径都有些杂乱。我的书架上，智者的路径都留在堆垒在一起的书页里，等待我拨打时光的杂草，来探寻它。一本书也许最终只是一只鞋，我有多少疑惑的脚会放入里面。一个书架也可能是智者悬挂的内胆，在它的汁液中，各种时光被打碎吞咽进肚子里，我的胃囊会隐隐作痛。我的书房是空旷的,它是智者清空云朵给我留下的。我可以骑着马,沿着智者的路径,奔驰着自己的想象。在高原驻足,奔赴黎明的地平线。或者在智者的牵引中,张开有生的翅膀,击碎长空。更多的时候,我像白蚁一样避开世界的喧嚣,悄悄地掩映在书页中。我以我细碎的啃噬,让智者和书房有着微微的躁动。

原载于《星星·散文诗》2022年第8期

战栗(二章)

在暴雪隧道的尽头

离开拜城的那一晚,我们像两只被大自然束缚了手脚的蚂蚁一样,开车行驶在迎面而来的风暴里。

我们害怕起来——

巨大的雪花砸在我们的车窗上,她们还未来得及落下就已经触到死亡的忧伤。

我们,也一样。

雪花阵从一个未知的点散射而来,成放射圈,将我们带进目眩的时空隧道。

已看不见路了……我们还能走出去吗?

这荒芜的比天还要高的路,这茫茫的水与雪混合而成的戈壁上的路。

就在我们无法动弹的时候,在暴雪隧道的尽头,闪现出一抹橘色的灯光。

一束不知名的陌生灯光,靠近,又变成两束希望。将散射的雪花照成了垂直的移动斑点。倏然间,它路过我们,但足以让我们热泪盈眶。

关于阿瓦提刀郎部落的战栗

这是一个带着刀子的民族,穿着尖头靴踢走沙尘的民族。

木卡姆、麦西热甫、热瓦甫……刀郎人在跳舞,刀郎人在歌唱,刀郎人酿下一桶桶热血沸腾的穆萨莱斯酒。

巨大的树根发散而出的枝丫,树的老人在秋叶中发出悲悯的叹息声。每一处枝丫的尽头,都存留着关于胡杨树和刀郎部落的秘密。

艾德莱斯包裹的房子外,木匠打磨着一件精美的木器,他起身后,留下一堆哀怨的木屑在菊花脚下叹息。伤春悲秋太多太多,请给阿瓦提的秋天一些明丽的修辞。

路的两边是树,树的两边是木人(用胡杨木雕刻的十二生肖的站立像),他和他们一起站立(或是战栗),他和他们一起望及远方。

向深处走,拥抱不知名的骆驼。爬上它们的驼峰,看骆驼背上在胡杨林之外的战栗。

原载于《星星·散文诗》2022 年第 8 期

高原行记(二章)

石头与玉

养在深闺无人识的石头,不是淳朴的边民垒起的,不是在游客脚边被踢来踢去的。是你盈握在手心的,给你安全、温热和喜悦的——

乳房一样的石头。

在暗夜里,像淡淡的月痕,像纳木错的湖水,有飞翔和涌动着的横纹。

你舍不得松手。有乳汁流进生命。是你幸福的源头。

那石头啊,是母亲温润的玉,养育着你。

石头与湖水

我是一个怀揣着石头奔赴羊湖的人。

这石头里藏着血,藏着泪,藏着太多的爱和无奈。

排着长龙的车队缓慢攀升,钢铁也有坚定的虔诚心。天空高远,云朵下凡,我想把石头掏出来让白云擦一擦,让湖水洗一洗,让石头还原为石头。

坐在羊湖边,湛蓝的湖水照见我肿胀的双眼和乌紫的嘴唇。

好想纵身一跃啊!

我愿那深涧里的油菜花只开不败,我愿那湖水洗掉所有的行迹,洗掉你,洗净我自己。

因为呀,只有纯洁的石头才配得上羊湖。

原载于《星星·散文诗》2022年第4期

江南不似梦里时（节选）

1

梅雨的最后一天，我到了江南。

在江南，诗献给了雨水，雨献给了青梅，梅献给了童年时杳杳远去的竹马。

蹄声嘚嘚，落在地上，比露水和梦还轻。

落在心间，比雷霆滚过井口还重。

5

江南已在脚下，蓝印花布伸手可及。梅菜扣肉的芬芳犹在唇齿，梅雨还在淅淅沥沥地诉说着这里就是"黄梅时节家家雨，青草池塘处处蛙"的江南……

时空穿越，缩短了四川与江南的距离。

但是，江南确实远了。

远在那一笼烟雨之外，远在那一脉水道之畔，远在那一片欸乃声中，远在山之遥，远在路之远。

9

最遗憾的是枫桥。

张继兄写了一首《枫桥夜泊》之后,寒山寺的钟声便夜夜敲打着我的无眠。

一声声把茶喊醒,把酒喊醒,把梦喊醒,把从窗外偷偷照进来的月光喊醒。

可惜,我来时,对着一座桥摆了无数个姿势之后,才有人告诉我:"这不是枫桥……"

真正的枫桥在足迹以外,视线之内。

所以,我只远远地留了个影,仿佛跟过去的自己相拥。

原载于《星星·散文诗》2022年第11期

乌拉盖河（外一章）

梦境般的时光，从一条河开始，又止于一条河。

这条河，一头连接云端，一头连接海边。

漫步乌拉盖，因为和一条河相遇，一切都如此虚幻而美好，似乎还有些不真实、不真切。但我并不在意。我在意这穿过四季、穿过岁月深处的河流：清澈、温婉，盈盈于耳，仿若缀满闪闪发光的宝石；我在意午后的河流之上，光线明晃晃、金闪闪的，令人眩晕。缥缈的事物，在远处晃动、摇摆，但却长久地凭立河流两岸，比如牛羊、碎花、毡房、牧者，比如空中翱翔的猎鹰、呼啸而过的风声……都把这条河视为母亲，视为天堂。

此时，静寂与安详，一个比一个巨大；草叶与细沙，一个比一个柔软。当我行走河边，日月星辰在走，树的影子在走，快要被远山吞没的长长的夕照，也在走。

这世间万物，仿佛是要随着河水哗啦啦之音，奔赴更为遥远的地方；也仿佛是要用一河碧流，彻头彻尾地洗刷我一身灰尘、心灵污垢。

当我随着河流的走向遥望远方，远方无语，且苍茫如斯，只有这条命名为乌拉盖的河流，宛若飘带一般，从不问为什么，默默地，日日夜夜向前流淌……

乌拉盖草原

你能想象得到的，都尽现在这里；你想象不到，或无法想象的，也都在这被誉为"天边草原"的地方。

在她的深处，野花遍地，牧草茂盛，黄羊成群，百鸟啼鸣。

在她的更深处，芍药谷白中流翠，白桦林亭亭向上，阿尔善泉终日潺潺……

哦，还有天鹅湖，浩浩荡荡两千亩的水域上，满是振翅欲飞的样子，仿佛要铺天盖地，景象壮观。

还有，那我曾惧怕过的草原狼，此时格外温和、安静、乖巧，没有了野性，像被驯服过，和我们仅咫尺之遥。

碧蓝如洗的长空下，一位牧羊人甩响鞭子，唱起蒙古长调。他的歌声飘上鱼鳞般的白云，洒落在绿荫如毯的草地，令人动容。如果恰好，蒙古包走出一位多情的姑娘，是否会有一段甜蜜的爱情故事发生？

我一度向往而今亲眼看到的乌拉盖，草原上升起的太阳光芒万丈，马背上建造的家园温馨而幸福！

我想说，从遇见乌拉盖的这天起，我把闪电藏起，把忧伤藏起，不再想做那个孤身行走、漂泊四方的人。

原载于《天山时报·天马散文诗》2022年第4期

行星组曲（二章）

木星里

"然后，我们挂在桂花树上度过这一生"。

九月，满星球桂花的气息，适合想念。从电影院走出，我感到你的呼吸静谧如一棵树。在红绿灯下站着，你抱起一只小猫，奶橘色的卫衣上蹭了些灰。

或许六十年以后，我们会像电影主人公那样，坐在天蓝色的轮椅上吹气球。

小星球飞速旋转。承载了童年的小村庄里睡着姐姐与外婆，世界变得金黄而辽阔，明天我们要坐在一棵银杏树下编辫子。明天我们要去集市上买一只粉色的小兔子。

那时我还没有看过你的眼睛。

也没有人知道，拉提琴的少女，独自在宇宙飘浮。

蓝色星球

从今夜开始,琴声像蒲公英不断散开。

少女打开收音机,听主播介绍这颗蓝色的星球。春夏秋冬,风花雪月,数以万计的猿类与鲸在星空下诞生。

音乐会依旧盛大,而相遇变成奇迹。风铃在他的房间发出悦耳的声响,某一瞬间,我们沿着海岸线走,喝同一杯橘子汽水。

"还记得德彪西的月光曲吗?"夏季漫长而炎热,银河幼儿园里跑出成群结队、脸蛋鼓鼓的孩子,翻滚的海,透明的你,盈盈亮亮的月光与蓝色遥遥相望。

"所以我去哪里遇见你?"窗台上绿植在发芽,他在小巷深处的灯火里拉提琴。钟声敲响,宇宙万物,继续以尘埃的方式拥抱。

原载于《星星·散文诗》2022年第1期

节日

傍晚的贡巴滩比正午热闹多了——

老人们转动着吉祥的玛尼轮,妇女们穿上盛装,在草地上坐成圆圈。

贡巴滩失去素日的拘谨,变得狂野而粗粝起来。

和来自不同草原的牧人一样,他也在贡巴滩上高兴地徜徉。

这样的日子不多,必须逢到喜庆的节日,他才能做个美好的梦。

贡巴滩仿佛巨大的画布,画面上的人们不忧伤也不孤独。

晚上的贡巴滩比傍晚更热闹。

他和群人一样,搜寻属于自己的猎物。

但他忍住不说,藏在光阴中的爱与恨,还有转瞬即逝的欢愉。

原载于《星星·散文诗》2022年第3期

月岩

迈着轻盈的步伐，从群峰叠翠中凿出一弯举世瞩目的新月。

从飞天曼舞的衣袖里，我看见你流淌的月光很丰满也很温暖。

月亮的手触摸自然之境，给惊美的眸子留下悦目赏心的机缘。

清晨的阳光穿洞而过，仿佛把蓄满岁月深处的摩崖望眼欲穿。

亲近大自然，倾听天籁，从小就倾听月岩神奇故事的我，和月岩一样充满了智慧和生气。

潇水的波涛永远不会干涸，都庞岭的乳汁养育了月岩独处悟道的周敦颐。

月岩的历史永远不会搁浅，大自然的洒脱胸襟与仙风道骨让我敬仰膜拜。

在这里，浑涵造化的哲理飘逸着诗情画意。

在这里，参悟闪耀的星辰恒久着济世箴言。

而我内心的日月，始终萦绕着理学渊源的智慧的花朵，在天籁般的音律中回归与升迁。

月岩的梦，伸出记忆的枝头，呼唤我们，用信念的根须延伸为生命的阡陌，从而走向一个个开花的春天……

原载于《星星·散文诗》2022年第6期

鱼鹰小舟及其他（二章）

——题林风眠同题绘画作品

鱼鹰小舟

缠绵与呢喃，终于相对而视。

水域盈盈：世界，属于我们。

天空依旧笼罩暗云，给我们困惑、惊诧和不确定，而江面的浓雾已经把远处的事物全部遮掩。

水草为邻，这里再也没有其他。

谁能推测我们的小船终会漂向哪里？其实，这世界总有一段给生灵沉醉的时辰，并且让情愫有一会儿荡漾。

我们来自东西，我们都属鸟类；我们与他者有不一样的鸟语，我们只当心来自四面的不安和危险。

对视与依偎，缠绵与呢喃。

我们珍惜这一切：此时，世界属于我们。

脉脉蜜语，盈盈水域。

是啊，感恩缘分吧！感恩世间这只小小的舟子……

芦荡飞雁图

除了飞,还是飞。

生为雁鸟,只有振翅,只有朝前不停地飞翔。除了片刻喘息,我们不飞又能干什么?

羽毛沿途一路飘散,而谁也不敢张望与逗留。

我们是雁阵,我们是队伍,前方就是目标,谁也不能沮丧与翻悔,翻悔就会后退,后退就会掉队,掉队就会落单和出局。

乱云飞渡,疾风骤起。

我们是雁阵,我们是一支队伍,我们有自己的飞行线路。追逼就追逼吧,恐惧就恐惧吧!即使转瞬有雷鸣和暴雨,我们依然要振翅,依然不回顾,依然要朝前……

芦荡涌潮,岁月为我们作证。

除了飞,还是飞。是啊,我们不飞又能干什么呢?

京城煮雪

北京落了一层薄雪,这样的天气,应该在炉火上煮着什么才好。

雪边下边化,真的就像被煮着一样。"煮雪"这个词真好!

再谈昌耀,内心有一种说不出的苍凉和疼痛,但一开口,便觉得轻薄,不能言十之一二。我在昌耀文字的场域里,如在茫茫戈壁高原,那些细碎的雪粒如针尖不断地扎在脸颊上。

和北京的雪如此不同,昌耀的诗是固体的,金属质地,每一扣之如有轰响。

原载于《星星·散文诗》2022年第8期

简单如斯(外二章)

最接近简单的我们。水龙头流出的人物。在所有的艺术的怀抱中。失眠症患者主动挽救了它们。墙有力地提示我们。我们必须符合什么样的标准,才能站立。才能与它一起站立。艺术在鉴赏着我们。我们能带给你们的启迪是白色的束缚。也很简单。

成年滑板

增加些灵动。在弯道。在弯道你要超越的时候。你不能笨拙地扮演那个角色。投入虚伪之中。作为对自私自利和没有原因的轻视的回报。有时候你要拒绝他因虚伪才脱口而出的话。在滑板上,它逐渐成为一个成年人。一个成年的滑板……也令人不安。

平行物

　　他伫立。与幻觉平行。也就是说还有一个幻象的他。身旁还有一幅画。大海与礁石。他没有望向它们。与它们平行。空中有一团不规则的白光组成的类似于岛屿的东西。它们渗出光来。与他平行。不远处还有一盏灯从背后像是要偷袭他。这次与他形成了角度。

　　　　　　　　　　原载于《诗潮》2022年第1期

齐云楼观云

齐云楼，在"云半间"最高处，楼名源自唐末诗人周朴《董岭水》诗句："湖州安吉县，门与白云齐。"

齐云楼，是我今晚栖身的地方。
此刻，我卸下尘世的行囊，闲坐在阳台的竹椅上。
细雨洗过的阳光，明媚而洁净。
偌大的落地窗外飘过几朵洁白的云，不紧不慢，优哉游哉，一副逍遥自在的样子。看上去，云与我仅一臂之遥，似乎伸手可捉。
但我没敢伸手，我怕玷污了云儿的纯洁。

云之上，是湛蓝湛蓝的天，蓝得让人入梦；云之下，是碧绿碧绿的山，绿得令人心醉。
楼前的山坡上，站着一棵500多岁的金钱松，像一位仙风道骨的老者，正慈祥地与一朵闲云嬉戏。它伸出长长的手臂，欲揽云入怀。
不料，一阵风吹来，云儿一溜烟地逃走了。

楼两侧有双溪环绕，周朴溪在左，响玉涧在右，如两个顽皮的孩子，扯着两匹云做的银白色丝带，在青山翠谷间蹦蹦跳跳，撒着欢儿，一路笑着唱着向前奔跑……

就这样呆呆地坐着，身随白云飘，心逐涧水流。

恍惚间，我就是天上那朵漂泊的云，就是溪中那滴欢跳的水。

原载于《诗刊》2022年第11期

春之事（二章）

雨水之秘

一滴水掉进屋子脊背。漏雨的时候，昨夜春风也回到裹挟两朵苹果花垂地的时代。

清醒中，时间就过去了。

田地里，柴犬在独自稀释没有添加剂的水，你把河倒过来，给我看云时，彩虹已经消失。我兀自拾到小叔的旧蓑衣。整片侧柏林中，侧柏叶穿过一张张屏风，落到墓地上。

亲爱的，这些都是尘土汹涌，我们无法待在房中。你褪尽雾气，最好在路上挑一些苹果，红鱼在晚霞的餐盘里，池塘快缩小到天际，而我们是否能见？

蝴蝶菜园

天空的蓝色进入我的胴体，香气裹成一种糖果味。日出后辣椒挂在躁动中间。父亲坐在侧柏叶下阴影处。我跑远了就是一支箭。

小马驹吃着唐代的草料，墨绿，它身上有难以亲吻的秘密。蝴蝶都在相对的高处——放飞。

趁晚霞，还没有缩小成星星之前。

原载于《散文诗》（上半月版）2022年第6期

人间不可辜负（二章）

蓝皮书计划

从哪里开始呢？当中年的惑还未解除，新的困扰随之而来。真相如果能还原事物的本来面目，是否能安顿它们投奔到身体里去？

有人说，找到河流的终结之处就能洗清记忆。

在更多的记忆里，我们培育着一个虚拟的世界，植入万物的空阔，然后又穷其一生。而显微镜下，细胞的结构和图像与其完美重合——小与大，被我们错误地使用。

如果不出意外，我将荣幸地再活50年，携带巨大的宇宙，悲悯于万物的微小。世界旋转又静止，造物者安详如初。

我们称之为风的物质——它静止，像一张丝网。在我们燃烧的虹膜中扫描，仿佛代表造物者在验证我们为之建造的虚拟的世界。然后在时间暗淡之处留给我们一条返乡的路。

万树园

这是第一场雨吧?

从凌晨开始,一直到中午,还在落。青草沿着光滑的玻璃窗向上攀缘。像晨雨中湿漉漉的街道。在椭圆的叶片间,我能看见前山的颜色发生了变化。

多久没有关注周围的自然了?我们困顿在肉体的孤城,算计着生死间的得与失,把宽阔的生命交易给生活的囚笼。

我想起去年,在园子里,黄昏的光线绕过树木,覆盖在草地上,那么稠密,就像今天的雨。等天好转,单调的枝条都披满绿色的叶子,我和你一起回到林子里,找一找那些被我们忽略的东西——不论多么简单和琐碎。我不想当我老去,用它们来填充我悔恨的身体。我不想,触摸不到你的时候,我颤抖得发不出声音。

这一生的光阴呀，抵不过这一园子的树。抵不过，这晨雨落下，晚晴再起。当我俯下身向潮湿的草根间，我说出的一生都和你紧紧缠绕。这一辈子，多长都不算长，但是如果没有你，哪怕只差一秒，我都觉得这生命不够完整。而这整整一园子的树荫和光照，也将因为我们的缺席，失去水分而老去。

原载于《星星·散文诗》2022年第8期

回声·音阶

在反向的时钟里,每寸光阴都在建构新的图谱。

我们在B&B俱乐部谈到乌托邦,谈到女权和小资的对立面。

黄昏之后,花蔓以内在的秩序,打开自身的河流。

我们谈到面部瑜伽和身体瑜伽都具有植物的属性。

刮痧,艾灸,理疗,一块砭石,以柔韧的质地从第一根筋络开始,取其力度"重而不板,轻而不浮"。取其速度"快而不滑、慢而不滞"。

在落花的秋日,疼痛沿经络游走,慢慢打开的通道,制造时间的落差。

从落地窗向外看去,乌桕树下,有些审美是倾斜的。

有时你戴着毛姆的面纱,穿越图书馆,在表情的转换中,以顾客的身份使用隐喻和象征。

从修辞学到主题学,几回花下弄晚笛,一座都市的情节,需要交换新鲜的语言。行走的个体主义像吟咏的但丁诗篇,时间之上,自约赏花人,创造戏剧和结尾。

"为谁风露立中宵？"鱼翅，燕窝，汽笛，鸽哨……所有花香里的事物，都曾在万物俯身的倒影里，踏浪讴歌，坚持—蜕变—再生。

当灯光全部打开，你说，割断过去，意味着割断自己。

梦中的缪斯踩着《安妮的仙境》踏浪而来。

我们听到一种声音召唤理想与信念。那是种子进入泥土的声响。

原载于《星星·散文诗》2022年第3期

流逝的水在奔跑(节选)

1

静静流淌的河;朴素柔美的河;蜿蜒曲折的河;波推着波,浪涌着浪。

这顺着时光从远天奔涌而来的河,长鞭抽不断,利刃砍不断,更别说旋转的时针、肆虐的风雨、坚硬的石头,还有孤独傲立的我!

流在我的故土的河,也是流在游子乡愁里的河。

波是故土丰盈的血;抒情的浪,是故土动人的歌。

4

我从河水里捧起冷静的月光,透明的手掌上,闪烁着一滴月光的秘密。

流水无声,漂洗我瘦削的身影,也梳洗我鬓角的白发。

秋已深了,故土的日子也瘦了,身为故土儿子的我也老了,难道故土不绝如缕的河水也老了吗?!

水声清浅,秋韵平仄。我问河里的月亮,月亮默默无语。

8

黄昏在路的尽头,深刻的河水流着。

归鸟的翅膀驮不住夕阳,滑进河里,河水又镀上一层血红;只为追逐那呼唤我又把我引向远方的声音;河水横在脚下,没有桥,也没有野舟自横,我不得不静静地伫立河岸,倾听彼岸的暮钟撞响我的期待。

彼岸的炊烟,这渡口剪开风声南来北往的渡船。

越过时间的波涛,在人生的渡口,望着河水叹息……

13

  感谢这或深或浅的河水,以天真无邪的浪漫,给了我童年的欢乐。

  生命中的某一个词,漂浮在时光的水波上,不离不弃,生生相依。

  河水沉默不语,只顾向前流淌。她追着日月默默地流淌,奉献自己的一切。

  这就是河流的情怀呵,难怪生活在一河两岸的人们称她为母亲河!

原载于《星星·散文诗》2022年第10期

生活流（二章）

揣度一只鸟的心思

住宅小区里，树木森然欲搏人。高蹈的姿态，挡住了小花小草的阳光、想象，和飞鸟的歌唱与远方。

有人看不惯。

一个权威，一道命令，一把电锯，腰斩了它们！

我在刺耳的伐木声中醒来，看到恐怖的"刑场"和"战场"——"横尸"百万。

花香被践踏，躲进了草丛和泥土。

不闻叽叽喳喳。平日里上蹿下跳的鸟儿们，一个个，逃难去了……

还有一只不怕事的鸟。在我高居九楼的窗台上，一羽单薄的黑衣，在瑟瑟秋风中展开，作奋搏之状。但它没有欲飞的样子。我仔细观察过这只鸟的表情，没有恐惧，没有悲痛，没有愤怒，宛如平静的水面波澜不兴，而水底，似乎潜藏着漩涡，或者激流。

这只孤苦伶仃的鸟，可怜兮兮的鸟，它一定若有所思，深有所悟。以我人类的眼光和俗世的观点，我揣度：它该是从树木的厄运看见了自己的末日。它或许正设计着自己的未来：假如还有来世，宁做一棵被腰斩的树木,也不愿做一只流离失所的孤鸟。

（至于那些被腰斩的树木,我想,它们或许是这样的想法:假如还有来世,宁做一只流离失所的孤鸟,也不愿做一棵被腰斩的树木。）

银杏树下

阳光铺天盖地,把一树银杏泼得金黄。

一片被季节骄纵的叶子,它的拳头落下去,轻轻的,轻轻的。叶之初,性本善,它怕砸伤树下的审美者,却无意砸出一个小女孩娇滴滴的哭声。

——爸爸!小女孩扑向爸爸。

——妈妈!小女孩扑向妈妈。

我在冬天寻找美,刚好用镜头捕捉到一家三口的幸福。他们家的幸福指数,装满了我相机的空间。

而我脆弱的心脏,被小女孩的哭喊挤压得越发急促起来——

她叫一声"爸爸",我按一下快门,我的心就跟着痛一下;她叫一声"妈妈",我再按一下快门,我的心又痛了一下。

我得承认:我老了,承受能力远不及一个小女孩强大。

原载于《星星·散文诗》2022年第6期

以春天为戒

如果路是长的,只要寂寞就好了。像倒在地上的木头在撒谎,在心存芥蒂,在生虫,在想着用某种方式拥有你。在歧路上走,叶落归根。你能想着一些事,就已经很好,水就已经跳起来,让空气充满缝隙,春从寂寞里起。沉迷于多余的造句能力,心悸,春叶只能越来越坚硬。我想请你为我写一封信,并且是果敢的,敢于谈论爱与性灵。就像柳嬉咬风,若有吻,也是我们的。停笔后,请永远地收翅吧,我们送海回去,并以春天为戒吧。

原载于《星星·散文诗》2022年第2期

乡村诗

　　报纸裱糊窗格,旧事件在乡间流传。

　　抹开蜘蛛网,看见一些眼睛。

　　口号,退却墨香。那么孤独,活成老农的座右铭。

　　墙壁磨破,扯光阴缝补;窗格腐烂,换上肋骨;房屋倒塌,从砖瓦间,诞生新鲜的蟋蟀。

　　土地荒凉,举庄稼和子孙修愈。

　　一代一代,半农半工的石匠们,以刀斧名,砍山石,从不气馁。

　　他们想把乡村,削成一块方正的碑。

　　撕开喉头,喊出温暖的名字。经年,许多脸被囚禁在晚风中。

　　每扇窗户,都是一部地方志,悲欣交集。上半部写满炊烟,下半部高楼林立、车水马龙。

　　我的身子被道路分割。

　　大地,容下一粒乡愁。

南北湖诗笺（二章）

白鹭洲

蓝天，绿树，湖水。小岛，长桥，亭台。

还不能构成白鹭洲。

只有白鹭飞进我视野，这个小岛就灵动起来了。

更值得玩味的是，白鹭时而在苇草丛中驻足小憩，时而在湖光山色中凌空飞舞。

更多的时候，白鹭或三三两两，或成群结队地在水上觅食、嬉戏，犹如一颗颗珍珠镶嵌在湖面上，微风拂过，它们又瞬间化作一片片苍苍蒹葭。

抽离体内如湖水般涌动的欲望，与白鹭越来越近。这是人类和白鹭达成的默契。

"一行白鹭上青天"，即便是在迁徙的途中，我也相信它一定会回来的。

生活在白鹭洲的人们，就从来没有离开过。

鹰窠顶

湖光水色杨柳岸，海天一色浪惊石。

众山之中，唯有登上鹰窠顶，才能同时将群山环绕的湖光山色和杭州湾的潮起潮落尽收眼底。

沿着石阶行走在通往鹰窠顶的古道上，仿佛走在历史的长廊，时光的隧道在参天的古树中延伸，阳光被捻碎在树梢。

马尾松树枝上跌落的几声鸟鸣，瞬间轻得只剩下微风摇曳松针的沙沙声。潮声入耳，绿野入眼，一种饱满的情绪入心。

远山如黛，近水如烟，海阔天空。

我在万物间，遇见最好的自己。

鹰窠顶上，有鹰扇动翅膀，凌空而起。鹰的翱翔海拔是鹰窠顶的高度。

时光和距离已经孵化出内心的光晕，置身人生的顶峰，才可彰显。日与月喂养的一座山啊，此生足矣，博大和深邃。

原载于《星星·散文诗》2022年第10期

生命之源（二章）

森林的礼物

我在森林中寻找一弯薄薄的月亮，银色，它的光很冷，但很亮。

我独自穿越森林，一直在寻找这样一弯月亮。

在林木整齐的王国，绿色是一扇神秘的门扉。

我的钥匙是一弯银色的月亮。

竹篮里，蘑菇鲜嫩，我携带额外的美食走向月亮。可能吧，有时它在天上，有时在地上，光芒带领我。

带着可口的蘑菇，菌类散发清香的气味。

我已拥有森林的礼物。

汗

汗留下的,至今被观瞻。
汗流出的沟壑,成为时间正面而积极的道路。

当我看见,描摹上世纪初的版画,汗是深刻而朴素的旁白。
它让我想起父辈点点滴滴的故事。

汗最终冲出皱纹,表达着对时间的赞美。

原载于《星星·散文诗》2022年第1期

在伊犁

1

一条大河从我的梦中流过。

水波粼粼。无数美丽的传说穿越时空,养育着我们,也养育着一茬又一茬生命。

峻美的西天山啊,你水草丰美,土地肥沃,一望无际的大草原无比辽阔。

牛羊遍地。四季牧歌。

还有那美丽的阿瓦尔古丽,让我们心存感激,永远心醉。

2

哦,这就是伊犁吗?

这就是生我养我,又让我神牵梦绕的伊犁吗?

每当春天的消息隐隐传来,大地上所有的生命刚刚苏醒,一种无名的激动便会油然升起。

暮色苍茫。落日熔金。

那些美丽的鸟早已回归山林。

此时,一位老猎人缓缓走向松林深处。他目光冷峻,神情略显迟疑。那一刻最后的晚霞照亮了他的眼睛……

许多鸟歌唱了。

许多生命都复活了。

山花漫过我的眼帘,一直伸向遥远……

芳草青青,一个梦连着又一个梦。

那无尽的思念,那淡淡的忧伤。

这就是草原永远的存在吗?

3

一群日行千里的汗血马奔驰而来。力量角逐着力量,蹄声撞击着蹄声。

群山沸腾了。

草原沸腾了。

古老神话迸射出奇异的光彩……

4

而此刻，驻足繁花似锦的大草原，我的心如山花一般纯净、明亮。

我知道，伊犁之美是博大的，它总是能够这样激荡灵魂，震撼人心。

那山，那水，那人；

那奔驰的骏马，那辽阔的草原，那醉人的花香；

那悠久的历史，那浓郁的风情……

我被一种美的情绪激励着，感动着。

我知道，在你迷人的草原上，我就是那只沉默的羔羊。

5

哦，我的伊犁！

假如有一天，我从你深沉的美中悄然离去，假如，我独行在陌生的异乡土地上，步履蹒跚，孤零无助，清冷的风不时敲打着我缤纷的思绪——

伊犁啊，你还能够想起我吗？

原载于《诗刊》2022年第7期

从词到物（外一章）

从飞翔的语言到踏实的大地，这意味着，我要写下这些山河、高原、牛羊，以及从火焰中淘出的黄金。

当风掠过，春天会发出尘土般的呼喊。黄土高原干渴的躯体上会冒出一些嫩绿的小草、抽青的树。故乡的土地慢慢从沉睡中醒来，万物萌动、复苏，青黑荒凉的山峦渐渐变绿，这一切，都预示着一个崭新季节的到来。

无论你在哪儿，这时候，我都会写一封长信给你，不是通过微信，不是在电脑上敲击键盘，而是用小楷，用从前的毛笔和宣纸，写下我对你和万物的热爱！

亲爱的土地，满载感性的记忆，那些草啊花啊牛啊羊啊，都会在这个季节生长、绽放、呼喊……逝去的村庄曾是贫穷的家园，空旷而辽阔的山野里，留下麻雀的鸣叫。芳草无涯，跨过生命的轮回，静静的河水，缓缓流向更远的地方……

苹果树的低语

秋天的果园，笼罩着自然生活的迷人色彩。一个个饱满的苹果在秋阳中闪出光泽，多像我们一闪即逝的青春。

而苹果树低下腰身，在微风中低语，它们习惯了大地的厚爱与悲欢。在秋后的田野里，苹果树与芹菜、黄瓜互相依傍，当时光挪走四季的青春期，苹果树成熟的身影成为秋天最迷人的风景。

我喜欢听苹果树在风中低语，它们丰满的身子诉说着生命的悲欢离合。

原载于《星星·散文诗》2022 年第 11 期

赶路（外一章）

每个人都在自己的一生里，拼命赶路。

他没有要到哪里去。他只是要抵达自己的一生。

一生是唯一的目的地。

但每个人的目的地又各不相同。

他走过了许多岁月，还有许多岁月。

人们都在岁月里走着。

没有人能够把岁月走尽。也没有人能够走出岁月以外。走到一生以外。

但所有人都会走完自己的一生。

生和死，构成生命的两端。

两端之外，没有人知晓。人们把它叫作前世和来生。但至今没有一条通往前世和来生的路途。

他们共同在世上走着，却没有一个同路人。

他们共同走在一条路上，却没有一个同路人。

他们并肩而行，但各自走在自己的一生里。那是一条孤独的旅途。旅人无数，没有人真正同行。

他们只是偶尔路过，打打招呼，彼此皆为路人。路人人群庞大，每个人都只是这些走着的人群中的一员。

往前看，是无尽的人群。有的正在走，有的还未出生。

往后看，是无尽的人群。他们已经走过，完成了自己的使命。

那人在街边下棋

守的是将和帅。

但每个下棋的人，何尝不是把自己当成了皇帝。

他有三千兵马可调动。还有诸般武器。

有人干脆把战场摆到了大街上。围观的人不少。均乐此不疲。

因为有很强的代入感。

一个虚拟的战场，每个人都可指点江山，运筹帷幄，决胜千里。

暂且把世事抛在脑后。把妻子和油盐柴米抛在脑后。把曾经做过的梦再做一次。

这可能是离庙堂最近的距离。

棋中有厮杀。棋中有嫔妃。

棋中还有一个空着的职位。

关键是一轮败了，还可再来。就算遇到兵谏，尚有退路——悔棋。

原载于《诗潮》2022年第10期

重庆浪潮（二章）

长江吟

白雪做的屋顶。

波涛做的院子。

丈量山河壮丽，她永远最急。有时候踮起脚尖丈量，有时候转着弯探寻，有时候很柔和，有时候非常急切，留下了山峡的速度，让整座山城一直奔跑在追赶的路上。热爱生活，她比巫山神女更有深度，留下的船工号子让踏浪而歌者一直在返乡的道路上。

曾经在沿海捡取过她的浪花，那和泪水一样晶莹的液体，与汗水一样带着盐味。

此刻站在触摸屋顶的阶梯，还没有到达雪原，却看见了雪。白发一样的雪，针尖一样想要返程。

每次从四川回到重庆，都像她的浪潮在涌动。

每次在渝东南点灯，都像暴露出了她暗藏在心里最深处的礁石。

她是充满母性光辉的流水。

她是涌动不断的长江吟。

乌江故事

一路环佩叮当。

满山细碎月光。

在乌江的边上,有着出嫁后肚子微微隆起山川之美的苗家姑娘。叮当是歌谣,叮当是欢唱,唯有冉冉升起的太阳,才能够照亮她们黝黑的面庞。月光是银饰嫁妆在渝黔两地倾城的美,五谷丰登才适宜嫁娶。流泪时是哭嫁歌,微笑时是春光美。

瘦瘦的、辣辣的乌江,在黔北及渝东南的群山里跑来跑去,一会儿追着太阳跑,一会儿追着月亮跑。在沿河喝过乌江水做的米酒,在涪陵才说出流水发光的醉话。

披头散发、打滚撒泼、大喊大叫者,皆不是少年。

沉默不语、低头苦思、不断抬头仰望者,皆为长者。

听不见声音了的,都是跟随乌江走远了的青年,都是被长江再往前推了一把的中年。

被月光扣留的,不仅仅是一座接一座的山峦,还有一道又一道的深谷。

原载于《诗潮》2022年第8期

风里冬天又老了一寸

史前的某天,穿兽皮的祖先发现一个秘密:
风,充满激情和想象,夜晚的风,会飘进梦里。

晚归的羊群反刍着胃里的枯草和初冬,一只又一只,走过毛毛草草的青稞茬地,傍晚风紧,洮河在无尽的夜风里历久弥新。

寒冷如约而至,触摸到的风里,我的记忆翻手之间冷如冰霜。

日子完善机制,风里,冬天又老了一寸。

我的父母已苍老了很多,他们在风中紧握双手,他们的头顶又厚又白的雪,掩埋不住曾经艰难贫苦的岁月,他们的容颜被风雪持续雕琢,一年又一年,直到离我而去的那一天。

雪,似花非花,开满了世间无数个严冬,雪,明亮如银,装饰着大地富丽的空寂。

山顶的雪,属于神祇,让真实的人间接近虚幻。

心中的风,欲静不止,把多变的众生反复揣摩。

我等的车已晚点,我想去的远方一片苍茫,夜色一丈一丈笼罩大地,沙冒沟空旷静谧,弦月如刀,爱恨飞翔,只要心想抵达,无惧夜色苍凉。

记忆深处的那些风里,冬天又老了一寸,我感同身受的是——

看得见的雪,落在人间,看不见的雪,落在心头。

原载于《上海诗人》2022年第3期

雪事（外一章）

三千根银丝，她一根都没有打理，就这么让它们淌，一直淌在水面上。

这些日子，她把身子一直溺在水里，说是为了濯发，可湖水被她越洗越白，月光却被她越洗越黑。

她说她患上了一种病，一种不知名的传染病，像她描述的那样，文字里裹着病因子，她不敢说出任何一个事物的名字："芦花"——声音还没有触及水面，一张张面孔便已经忧郁成疾。

她越来越担心自己的头发了，她不担心自己的身子，她的头发是她用一生落下的雪。一周七天，三天，她试图医治秋风，剩下的四天她却被秋风医治。

一开始，我以为我是知道她的，不，她不是在等春风再一次吹染她的头发，她在盼望一场大雪，一场很大很大的雪，以至于能够把她的头发和身子完全覆盖，和整个大地融为一体。

到时候，雪地里，她的每一寸目光，都能够点亮你的眸子。

缝补

灯光昏暗,而那枚银针明亮,它末端的针眼像黑夜的独眼,无限放大。我被黑暗注视着,而母亲对此一无所知,我对母亲的隐瞒,要大于这件有裂缝的衣服。

我深知,我的返乡无效,我的词语无效。我一次次抵达母亲,试图找到源头,修补母亲给予我的这具肉身,但黑夜移植在我体内的那道闪电,仍在不断加大它的裂缝。

一阵风把头顶悬挂的白炽灯吹得摇摇晃晃,我在母亲的脸上隐隐约约看到了我的脸,一张灰白模糊疲惫的脸。接着母亲一声尖叫,一滴鲜红的血液从她食指上渗了出来,我盯着那枚无数次伤害过母亲的银针,它被我无端地放大,直至和我手中的笔无异。

为何刺穿和缝补的是同一个?为何所有的词语竟是同一个词语?

深夜寂静,而灶台旁那堆灰烬,为修补它草木的身体依旧在风中旋转和轰鸣。

原载于《星星·散文诗》2022 年第 5 期

人与高原（节选）

1

那最先为群山排序的人，始终活在谣曲深处。他找不到衰老的理由，他只能坚持成为山以及风雨牢固的慰藉——

最低矮的山依然记得他的疼痛。那是与旭日有关的疼痛，也是谷物与酒的疼痛。他从墙隙中，抠出祖先失传的身影。他，反复辨认祖先维系苦乐的全部理由——苦难锻造的祖先，一直举着，大束缀满种子的季候。

褐色的山藏着他粗粝的笑。这样的笑，覆盖草木，并不断改变着星空璀璨的位置。

他想躲开那座幸福多年的山——他是它的义子，是顶着山的宿命寻找出路的红色石头，是山影上的火，是山脊不敢遗忘的整根肋骨……

但他仍被紧裹在那座山黛青色的襟袍中，他被山的泪水，反复沾湿。

一座失败过的山，想从他的灵肉中，找到桃花新颖的嘱咐。

他，久久望着那座最高的山。他业已习惯的巍峨突然幻化成一种预言——他是预言的命名者——他，掌握着预言的准确度以及分寸。

他把一种山势，递到我和谁颤抖的手上？

3

他在风的脊梁上，写风的守候。

这是什么年月的风？茅草的年月长于所有镰刃的年月。风烈。三千种夜色试图替换风的脊梁——而风，证实了黎明的存在。

陌生的祖父从腰上解下大把风声——黎明，的确存在！

也许所有祖父都是陌生的。他将如何修缮字形上纵横的天色？风给黎明预留的道路逐渐凌乱，但黎明，绝不会错过祖父走过的道路。

他的书写常常出错。他总在为此而羞愧。他无法向风索要那些与祖父有关的书写勇气。

星辰来自漫漫黄土。直到祖屋上的星辰,从千里外捎回一个神圣的错字,他才好像真正找到了群山起伏的理由。他视这颂歌般的字为圭臬,为爱与苦痛最终极的指南,为祖父和山峦共同赐予的赞许。

风与一代代人的回望,被反复传诵。

旭日醒来——

山在各种错综的笔画中,进入盛年。

祖父,不会永远消失。

4

一条河有超越群山的怀念。

它只能怀念。稼穑与帆,错杂。岸记载的时令与多种鱼汛重合。露水映照三种孩童的身影——那些渔歌,还需要谁的怀念?

河在找自己的源头。走了这么远,回溯已变得异常艰辛。但河仍然可以再次进入自己青色的源头。

你被波澜推动，像童话中一个适合朗诵的章节，你调度各种涛声，将曲折的未来拓印在蓝色桨影上。

河，放弃过多少呐喊的水滴？

河重复群山的道路——通过山脊上的云，河传递鱼龙互鉴的历史。它，还将延续哪一种启迪山色的历史？

孩童的诵唱变得灿烂。河与我们的联系，能否继续建立在碑石与布满星月的案头？

——我将山与河的界线移出众多灵肉。

我想让山是河流命定延展的山。

让河，真正成为高原蜿蜒不息的血脉。

原载于《星星·散文诗》2022年第9期

翅膀煽起的诱惑（二章）

秋水

秋水凝重，如同深沉的暮色。目光抵达的云朵，躲闪着秋水神秘莫测的倒影。秋水之下，漩涡不再是河流无奈的喘息。只有水上波纹，依然执着，试图成为风雨淬炼后的骨骼。

秋水，不会无故映照天空。火红的云霞，或是低垂的云霭，被秋水浸染之后，成为画笔下的水彩，将一个成熟的季节收进画册，为天空，也为来年，储存回忆的点滴。

秋水渐凉，退去了一个季节的温度，不再渴求一次风暴雷雨的涤荡，也不再与水草纠缠。深沉的回流，渴望伴随成熟的庄稼，完成对大地的承诺。

一只鸟，贴着水面奋飞，翅膀煽起的诱惑，让它常常忘记来路。

沉默的石头

无数次滚落、摔打,依然沉默。

来自大山的家族,命运铸就了灵魂。无论身处山巅,在云朵袅绕、鹰隼盘旋的高度,还是匍匐在大地,成为任人踩踏的一节石阶,总是保持同一种姿势,用坚硬与不屈,固执地印证着家族不变的品行。

铁锤的敲击曾经响彻山谷,如同诅咒的梵语。沉默,始终是你回应这个世界最好的方式。不曾屈服的身骨,成为抵御世俗的利器。

无数次穿行风雨,被锤打淬炼,即便是化作细碎的石子,也依然展露棱角,保持着最卑微的锋利。

面对一块沉默的石头,一炷被众人膜拜的香火,不觉低下了高傲的头颅。

仙女湖之夜（三章）

水中树

一棵独立于水中的树与岸边的树有什么不同？毫无牵绊地婆娑，水镜里，三百六十度无一不美的清姿，貌似一口仙气。"旱柳"？你与俗世命名之间形成的悖论，只能困扰岸上的观者，与你全然无涉。

又或者物极必反，岸上的人们，也有沉没大水式的"旱"。瞧，水库边的山坡，半裸出一毛不生的丑陋，那是欲望的斧头砍削出的光秃。若不是沿岸芦花恣睢又柔软的缓冲，仙气碰壁的尴尬，整个水域将黯然失色。

当然，我说的不是风景对风景的成全。

这里是我们祖辈的安息之地，我们本可以无羞无愧地祭拜，甚至抒情。

太婆尖

群山庞然的沉寂里，一辆车固执前行。九曲十八弯的颠簸中，副驾座上的我不关心路况，只顾着撷取满眼碧蓝的涌动,天空像海一样倒挂在头顶,就要触及浪花般的白云。

最后一截陡坡,下车,攀缘登临眺望,半小时前刚刚穿梭过的人间村落,已小如灰扑扑的旧年积木,散落在山间各处。

终于站在了幕阜山境内的最高处,但我并不能就此笑指江山。莫名迸发的自大得意,与身体瞬间抵触,产生的晕眩,风掠树叶般袭击了你。蹲下,手扶太婆尖的水泥地标台……

恍惚间,我成了传说中终老山中的妇人,开垦栽种品茗,悠然自得的香气拂过十几载后,生命中最后一场大雪,铺天盖地降临。

是的,如果围剿我的冰封不期而至,我愿意做的也是收拢茶籽,包扎好,然后梳洗理妆,在满山阴寒的空旷里,微笑着,目光要最后一次摩挲爱过的事物。

这一生,无论对人对世,若互有馈赠,便没有什么遗憾了。

下山途中,我再次放心地把远方交给了选定的驾驶者。

遗落在沼山冷雨中的狗血桃

这一年的春一派寒色，整个沼山浸泡在冷水中，已抱不住桃枝的瑟缩。甜美多汁的狗血桃，连同乡土味十足的命名，都已是陈年旧事，在颤抖的唇上徒留一缕幻梦的血色。

花骨朵儿还是要竭力绽放，她的魂魄，多肆虐的风雨也镇压不住。走近她，气息依然纯粹，结不出硕果，也要坚持抱紧自己的清芬。

从来与晴朗后漫山遍野的抒情无涉，花有花的宇宙，即便抓不住枝头，飞坠而下的姿态也是生命的轨迹，忧伤是庸人杜撰的，她的香气只是香气本身。

我小心翼翼，尽可能轻，不扰树下同赏者的忆旧，与凭空的抒情不同，曾在童年唇舌上香甜流溢的慰藉，是支撑她一路跌宕一路汹涌的源头。

原载于《星星·散文诗》2022 年第 4 期

旧书店（节选）

1

木质记忆为墨。

时间在你的脸庞上开始描摹。

皮肤如镜。山脉在你面前矗立。

旧书店里，光线是佚名的证人。它凭借多生的腿脚，在每一个角落布满灰尘的证词，来维护时间古老的魅力。

你无法想象未来会是什么样子。你只知道过去，你曾探寻，攀岩，逃避，在何处驻留过一秒注视。

悬崖随手可及。你从悬崖上取下石块一样取出一本书。

模拟更多姿势，替代恩宠和狂喜。

2

斜靠一个转角。

呈现你理想主义的手臂的旋转。

现在，一个"淘"字替代了所有的旅程。但纸页的大浪中，并无污泥与浊水，每一粒沙，每一本书，都干净闪耀。只是，你想为哪一个书脊结束任性的漂泊，你将赠予哪一个封面长久的眷恋，或许早已有了缘由。

一切又仿佛是手的欲念。它翻云覆雨，却是，培养一本书来代替更完满的牵引。手捧回的某一本书，可能会从此牵着你，跨过黑夜里阻隔的水域。

更有一种可能，它让你生出翅翼，绕过那些被生活无限放大的苦闷。

书，一层一层，堆叠如山脉，如悬崖，如阶梯……旧书店，它没有空间承载螺旋形的优雅的扇面之美。

它裸露如一个晚年的伴侣。

4

任何一本书，都不能随意选择暴露与遁隐。

即便它们看上去，关乎类别、大小、厚薄，但在它们相遇的地方，没有边界，散漫而无限延伸，可以称之为一切随缘。

你随意拿起一本，缘分就出现了。因为你不知在此时此地，它会被你的手突然拿起。正如，茫茫人群，你不知在彼时彼地，又会与谁迎面对坐。

时间在走动,时代在前行,家事国事,新的见闻,后来又会以书的形式汇集成册。

历史变旧了,才足够伟大。事物和月亮一样遥远的时候,那个迷人的中心,才叫圆满。

书变旧了,才会使能洞见真知的眼神聚集,汉字便拥有了哲思的深渊。

7

从书籍的本质出发,旧书店接纳一切疑问的倒影。

这时,你在一摞书的背后,窥见一台覆满锈迹的留声机。你靠近它,闪着光亮的大喇叭续接了新旧光阴的更替。

黑胶片开始转动,音乐是一部电影的主题曲。电影改编自一本小说,一本小说在旧书店的书架上仍留有位置。

一切井然有序。在同一个世界。你把手上的书页合拢,让山是山,水是水,流逝为流逝的结局。

现实永存。你与世界的关系,嵌于你不愿关门离去的回声中。

原载于《诗刊》2022年第7期

过年记

白天,看《十三邀》。

邀来钱先生,带着鲁先生,回到黔中乡村。

在这里回溯往事,说了很多真话,发觉苦难很生动。

他说全世界都病了,但全世界没有几个人主动检讨自己。

而你们,(一根指头戳出屏幕吓我一跳)就应该走出风景。

他老远跑来就向他的弟子们说这事颇有点严肃。

晚上,吼声雷动。

一群人把世界踢塌了,另一群人把世界掀翻了。

突然抬头,窗外飘着雪,主持人一脸悲伤,黯然而去。

过几天,主持人半信半疑又回来。

我半推半就,坐在女人们中间,一群人又把世界救活。

(世界是你们的,也不一定是你们的。)

又一晚上，冰花飞舞。

我们的世界被打扮得精神抖擞、蓝中透红。

我仔细看每一朵冰花，还真是不一样。

摘一把戴在胸前，有的融化，有的始终是一张油纸。

融化的流进心里，油纸的冰花成了胸章。

风吹过来，五颜六色，想怎么歪就怎么歪。

白天至晚上，各种各样的表情。

勇敢的手指，不断指点一把生锈的铁锁。

锈斑里的梅花鹿，动作单调，木然的眼神围观我们。

盲山很大，到底茫然，远近高低欲说还休。

正想生一膛炉火，彻底熔化天下所有器械。

原载于《星星·散文诗》2022年第9期

春风吹（节选）

1

没有人知道，春风来自何处。

它自带阳光与温暖的种子，所到之处，希望很快就将从生活的贫瘠中破土而出。

类似于某路神仙，无意中向人间吹了一口仙气。

——春风吹。

一点一点地揭掉，时间张贴于万物身上的封条。

在阳光下伸一个懒腰，身体仿佛就开始第二次拔节、生长。而脉搏的跳动，像是生命运转的内在节奏。

俗话说的风，无形、无色、无味，但若冠以春字，它就会在人们的期盼中脱俗。

生活像一个显微镜，透过它就能准确地观察到春风的各种颜色与形状。至于味道，则藏在一朵朵吹面不寒的笑靥中。

哦，那一对对小酒窝里，酝酿的应该就是春风吧。

2

冬闲田，从睡梦中醒来。

经过一个冬天的休养，它的体重已经恢复到了可以重新受孕的水平。

春风吹，洗掉铁犁上泥垢一样的斑斑锈迹。

牯牛脖子上的劳疾，也已被完全治愈。在乡间的小路上走着，春风摇响了它的铃铛。

叮铃声，一声比一声清脆，仿佛表达了它要替农家人分担一部分压力的决心。

在春日融融的午后，风是一条温柔的鞭子，它着力的地方，没有疼痛，所有的感觉神经都将收到一个香吻带来的鼓励和鞭策。

春——风——吹——

很轻柔，很缓慢。它只把暗藏的锋刃对准一切试图阻碍村庄苏醒的事物。

如寒冰，如积雪，当然也包括被不知名的愁绪紧锁的眉头。

像一句轻声的呢喃，春风拂来的时候，一定捎带着远方的好消息。

勤劳的人，总能在第一时间得到分享。

6

　　傍晚，春风从窗前路过，它看了一眼这些文字，就连忙翻几页空白将其盖住。

　　速度之快，让我来不及看到它羞涩的样子。

　　未曾浪费过半寸光阴，这个春天，我一直忙于在满眼的春光中寻章摘句。

　　每当春风路过我的嘴角，我的牙关就不再紧闭，继而能蹦出一两个词语。

　　风，继续吹。

　　我期待有这么一个午后，它在不经意间就能将我零散的词缀成一篇。

原载于《星星·散文诗》2022年第2期

大雪下的村庄

此刻,大雪正一截截地掩埋三百岁的村子。

铅灰色的庞然大物吞咽了时空,爱说话的叶子早已逝去,只有风时硬时软,说着一些含混不清的话语。

这是十月或者更冷的日子,向哪里问去?

鹰眼也难觅得兔迹,更别提那一行峰回路转的离仇别绪——这不是一夜间催发了千树万树梨花的那雪。

斜倾在朔风中的老屋,大雪已没到了它的脖子,一颗挛缩的童心被父亲劈啪作响的话语煨热、烘干,老屋因之坚挺起来。风嘶鸣,雪乱飞,一具杨木拼接的棺材与披麻戴孝的雪花狂舞,风将唢呐的哭喊削作悲怆的丝丝缕缕……

父亲呢?哪一场大雪湮没了熟悉而亲切的面影?哪一场大雪湮没了我清瘦的童年、怅惘与憧憬膨胀的十九岁?

这雪白得彻底,白得蛮横无理!

大雪以一把尺子度量，风在挖肥补瘦，一些被填平，一些被压低。高一声低一声的狗吠绝望而嘶哑，连同那些晴空里穿来穿去的音乐一起没入一个扎得严严实实的口袋。

可见的只有智者远山。它也老了，须发皆白，眼瞅着脚下那一块已覆满积雪的河面，禁不住忆起亿万年前那次悲壮的隆起……

可以肯定，它不会毁于眼前这场大雪。

可以肯定，它必须活脱一层皮。

问题是千万年后，它会不会还能被安然地看见？大雪下的村庄寂然无语。

原载于《上海诗人》2022年第5期

[N]

香湖诗笺（节选）

1

吴根越角。荡荡平川。

油菜花、蚕豆花和豌豆花开了又谢。结荚的角果，是植物的人生，被意义所生长。

蛙鸣藏得深。藏得深的，还有我身后的香湖*。

白鹭搅动湖水，但湖水还是凉的，鱼虾不在我梦里。不在我梦里的，还有废弃的鱼簖和漏洞百出的渔网。

时间是抽不干的湖水。

湖是尘世间的伤口，水越深，创口就越深。

2

晨曦里，成片的桑树林弥散着桑葚香。

树枝上的蛛网，细微的水珠闪着光，风的神经在跳。

---

*香湖，浙江嘉善北部沉香荡古称。

麻雀飞出树林，我在它们身上看见了湖的风脉。灰椋鸟钻出水面，我在它们身上看见了湖的水脉。鱼虾在湖光中闪现，我在它们身上看见了湖的命脉。

水天一色的香湖，有限与无限的水域，先知而后觉。

5

收起渔网，将鱼虾放生。

一颗漂泊的心伏贴于湖水，内心宁静而苍茫，眼神温润而迷离。

看风得风，见雨得雨，风雨倾巢而出，追随我一起探寻香湖的身世。而我身体里的香湖，水深湖宽，像一面镜子，返照生死。

抽刀不断水。湖光之上，弦月渡我——

生死之惑，谁能看破？

8

阅读时光,湖光水色返回镜子。

清乾隆年间,秀才孙燕昌在湖边一边散步,一边吟诵《魏塘竹枝词》:"雅与孤山一例看,朔风吹破蜡千丸。披图静对横斜影,犹带香湖月色寒。"

我,一个书童,擎着小灯笼,跟随在他身后,他手里的老烟斗忽明忽暗,他穿长衫披马褂的身子显得单薄。

香湖需要这样的场景。

但当我一觉醒来,这样的场景就瞬间消失。

原来香湖也有伤痕。

喝一口香湖水,咽下一生的悲悯。

原载于《星星·散文诗》2022年第6期

大地上的庄稼恩重如山（节选）

1

北岸是乡村，南岸是城市，一条奔腾的大河将这沃若之洲一分为二。斜拉的大桥如巨翼搭在两岸，供我穿越。

整个秋天，我的脚步在此频繁地转换。

风，理顺大地生长的季节，催发茂密的梦。阳光在辽河三角洲上晒出了浓郁的稻花香。呼吸于此是幸福的充值。

每条阡陌我都踏过。心灵抒发弦子。

碧玉的青纱转向灿烂的黄金，辽阔的葱茏划归无边的辉煌。

繁密的虫声吟诵五谷的生长，

芳菲的星辰注视着天下粮仓。

母爱般宽广的田野是我心灵的朝向，

令我沉醉、流连，无限的欢喜和依恋。

大地上的庄稼恩重如山！

3

　　昨晚的一场秋雨在今日放眼的蔚蓝里添加了半勺凉爽。我的呼吸和喜悦又回到了稻田上，分外透彻。

　　稻子不割，我澎湃的心潮不落。

　　心灵在田野上流连，悠久的沉醉。

　　世界打开了所有的门，为仁义的秋风箪食壶浆！

　　痴迷啊，从九月到十月，我一直流动在这片土地上，所有的事物我都喜欢，着了迷、中了魔一样，不仅仅是绿的生机，灿烂的金黄，甚至凋零我也能找到哲学的内涵，发现辩证唯物主义的闪光。

　　渠沟里的淤泥，鸟儿用爪子在上面书写神秘的契约。白亮亮的鸟屎如符文和谶语。琢磨不透还反复地琢磨。我的心智和想象多么渴望得到神灵的点拨。

　　我想提笔画画，在一张阔气的画布上画上一大片黑色的泥滩；画上繁密的大大小小鸟的爪迹；画出一笔澹澹秋水独对斜晖，柔柔的香蒲摩挲风声。

芦花的白是寂静的田野耀眼的歌喉。我想给它起个名字，让我好好想想……

一只大鸟，不，是三只，突然飞起，奋勇的翅膀拔高了田野的寂静。

阳光的玻璃杯溢出大地的芳香……

原载于《星星·散文诗》2022年第4期

朴素的语言（二章）

窗

我们面对未知的东西常常颇费猜测，但想久了，便会产生一种渴望知道又什么都不想知道的感觉。这会儿，我站在阳台上，周围亮着无数掩着窗幔的窗，我再根据窗帘的质地、颜色推想窗内主人的生活境况及性格。正想得出神，一眼瞥见自家的红丝绒窗帘，这是一位亲戚赠送的礼物，最好的感谢莫过于挂上它。亲戚的美意将我家装扮得特别有舞台效果。于是便对刚才种种联想哑然失笑，我应该这样想：窗就是窗，窗以外的世界其实都是别人自己想象出来的，这想象与真实或许成反讽。

由此我想起世上一些思想深刻的哲学家、艺术大师，在他们悲剧式地认识现实的同时，几乎都具有一种喜剧式的宽容精神，因为他们深知世事的种种可能性。

桥

忍耐着无尽的时间，拖曳着寂寞的长影，桥，最使我联想起人间的姻缘了。中国古代神话传说中牛郎织女的鹊桥相会，渴慕凡俗婚姻的白素贞与许仙的断桥重逢，外国不少涉及爱情的文学作品也与桥这个意象有关，《魂断蓝桥》《廊桥遗梦》《密腊波桥》……

桥是心之所想，魂之所系。心灵之桥一旦毁折、崩溃，生命何以支撑巨大的尖锐的痛楚！所以人世间恩恩怨怨，种种错综矛盾的关系，就像忽连忽断的桥给人梦魂颠倒的悲喜。

水是出世的，从不眷恋过往，智慧的流动多么彻悟逍遥，而人类美好的姻缘情爱却像入世的桥那样坚执，痴醉，刻骨铭心。

原载于《星星·散文诗》2022年第1期

萨克斯曲：回家（三章）

发型

理发推子在脑袋上风驰电掣地耕地，犁地。等待播种。

种什么呢？理发师搔了搔头，迟豫地问。

剃头的人望着自己满地的碎发，想，啊，又一堆麸皮，又一堆草屑。又一年歉收！

理发师突发奇想说，种一盆塑料花吧。你看，那边电视机里正播放着塑料花广告呢，何其美艳！

就种了一盆塑料花在他脑壳上。

他从此塑料地笑，塑料地唱歌，塑料地生活，塑料地说话，塑料地思考。

眼睛里流出塑料的眼泪！

萨克斯曲：回家

从你演奏中闪闪烁烁飘落的音符，如月光洒满一地。你沿着月光回家。一条旋律的路。一条纯银的路。一条沿你十指走进心灵的路，从萨克斯管的深处飘出，筑进这荒芜的世界。

但我们是否还有家？这个年代，空间筑在房子里，房子筑在鸟笼里，鸟笼筑在货币里，货币是一条拴在齿与爪上的狗，狂吠着扑向归家的神与佛。

但我们是否还有家？这个年代，门槛已随尘海漂走，地基已随商潮漂去，空余那架名叫灵魂的房梁，支撑着倾颓中的物化的世纪。

因此，你只能从音乐中回家，牵着那头名叫影子的狗，端着那只名叫艺术的钵，走在自身血脉的巷道里。

因此，你只能从音乐中回家，把你手中的萨克斯管想象成摇曳长大的故园的菩提。从掌心里破壳而出，伸展开旋律的根系。一块真实的血土在你生命中涌动。你聆听那条旋律的河从你心灵中央流过，此岸的滔滔红尘，彼岸的冰清玉洁，一座名叫落日的家院，筑在你萨克斯管的花蕊里。

夏加尔：一把会飞翔的小提琴

从精神的本义上来说，一切真正的小提琴都是会飞翔的。

我们的耳朵与心灵，是它张开的两只翅膀。

一个名叫夏加尔的犹太人，用他的宗教与血液画出了这把小提琴，用梦想点燃了星火的燃料，飞往他的家乡，飞往他一生追忆与眷恋的地方。

夏加尔搭乘的这把小提琴，飞翔在画布里，飞翔在幻觉里，飞翔在他一生思乡的愁绪里，飞翔在时空的流变里，飞翔在永恒里。

我想，远方一定有他一颗母亲的心，做他不朽的教堂。

一定有他一个少女的长辫，做他结满耳环与吻的苹果树。

一定有他一头用童年之爱喂大的奶牛，化成上帝的喷泉，不断喷出颂诗与祈祷。

哦，他将用他的画笔与喷泉一起喷出更奇幻的星空，化作他另一把更伟大更永恒的小提琴，演奏出枫叶与白鹤，飞翔在永恒的画布上。

原载于《星星·散文诗》2022年第12期

良辰(外一章)

在呼吸中,我们看见。

自己的命运。

或许失去了什么,然而一旦怀想起往事,就可以发现,那不过是命运的一种限度。

它无法告慰,无法给予你一个可以代表个人意志的秋天。

你只能顺从。

然而,我们应当回过身来,参酌良辰。

——看古老的花蕊从枯木中抽出,看没有暧昧的风在群山之上悠然地吹,看历史裸露出它最原始的面容。

我们应当看见。

尽管这是一种假设。

然而良辰是真实的。此时此刻,我们应当成为个体事件的主谋。

做一只鸟,从高空里醒来。

寂静,还是雷声?有自己的判断。

此时

此时,带着零余的思想。

夏日挂上枝头。

此时,我们在世上某处徘徊。看见倒立的人,看见倒地的人,看见坐卧不安的人;看见瞌睡的人,看见沉睡的人,看见昏昏欲睡的人。

他们睡着,或者假寐。

生命挂在时间的枝头。

此时,有千万只鹭鸟在湖心中的小渚上翻飞。

影子与天空一起,倒映于水中。

此时,时间从万物的上空掠过。记下降生,记下成长,记下死亡;记下萌蘖,记下花开,记下所有的秋收冬藏。

它们存在,或者不存在。

幽暗与光,此消彼长。

原载于《诗潮》2022 年第 9 期

猎石（二章）

一个人

一个人沿着塔克拉玛干走了！

十年了，还没回来。

村上的老人说，一根针掉进窟圈，也该有回声。

流沙的声音中，几朵碎云从头顶慢慢走过。

心想如果做了石头后没干出一两件掷地有声的事，村子就根本听不到大地发来的震颤。

如果一心一意走到了天上，事情不一定能干得电闪雷鸣。

听说天上的事越来越不好办了，住在戈壁边缘的人好几辈子人都没见过电闪雷鸣。

三千年没落一滴雨。

其实，人生在世，很多事干一辈子，不一定有点滴回声。

骆驼

地平线上，忽闪忽闪的，一座座城垛，蜿蜒曲折，爬行而来的长城。

月光，一次又一次从垛口翻过来，水一样漫了茫茫大戈壁。

骆驼看上去四平八稳，说不定心里压着一块石头。否则，荒凉从头顶灌下来，肉长的城垛，早已溃不成军。

风沙来了，骆驼迎上去不断地淘洗身子，一次次沙浴后，整个身子如大雨洗刷的城墙，里里外外明光烁亮。

一步一步丈量茫茫黄沙天。

一路像顺手牵着戈壁游走。

当辽阔的天空合上蓝莹莹的眼睛，猛地发现骆驼取出内心的石头，像一只只白色的布袋搁在沙丘旁晾晒。

风吹着，滚过来又滚过去。

一个遥远的梦，

像从大地拂着遥远的星球。

原载于《星星·散文诗》2022 年第 11 期

我是植物虚无的部分（二章）

槐花简史

在秋瑾故居，今生第一次靠近槐花。

阳光脱缰，均天下，挨家挨户洒下金银。

小天井如涌泉。女侠素面蛾眉，取代了多少翅膀？香气铸造，她私人创世纪的钟声，带动大地和树影上升。

化境如镜：皱褶里跃出斑斓豹子。

这样的致幻术，无数人看到，自己的侧面或消逝。白槐花，让空白面孔的存在主义显现。

青砖与青铜基因相似。因此自语，有形及无形的惭愧。向槐花鞠躬。江南知道，树身仍有无数条江河奔流。

深山行

古树不在移动联通服务区，与人间从未联系。

别写诗吟诵。这里的语音系统，只能识别鸟鸣虎啸狼嚎。

灌木玩耍叠罗汉，这些小沙弥，深夜至清晨，为无边庙宇，从天庭担来露水。

苔藓湿滑干净，像最初的文字，没被阴影填充。

溪水大慈悲。倒映动物和根系俯首思源。柔软的枯叶之下，古老星空已凝结成化石。无论怎么看，小鸟都是天地间的小心脏。为神守夜。阳光下模拟星辰翔集闪烁。

此刻，静寂继续生长。只有通灵术，能听到落叶，拨响群山幽幽古琴。

我是谁？我是这里，唯一的虚无。

原载于《星星·散文诗》2022年第9期

时间管理者(外一章)

一幢楼会被认为是睡梦者的搁架。

这时,时间管理者处于楼房正面的位置:整齐排列的窗户,上上下下等距离重叠,看上去个个黑黑的,形如渊面陡立。

这就是那个令人悲痛欲绝的地方,我们也只有从这里,从这样的搁架上,才会遇见众多的逝者。

可是后来,时间的管理者,像关掉电灯一样熄灭了月亮。

这样的结果,使他得以听到窗口飘出的鼾声,丝丝缕缕,恍若月光推门的声音,月光挪动树叶的声音。

因为年代久远,他需要彻夜提取这种呼吸,并将其放置于灯光下显影,通过岁月的噪音,他依稀读出那些做梦人的姓名,个个都有回声。

古堡

这里有门,但为一堵墙填充。

这里有文字,但颗粒的文字似乎比剑戟还沉重。它已尘封很久。一只正在飞行中的鹰,最多只是一册书的投影。

深埋于心的祷词,怀有一面绝壁的陡峭心情。

"大约在同治年间。"你像是自言自语。

往事不由自主地往下沉。这没有影响到你继续勾着头往古堡最高处攀爬。

这个早晨,因为你在古堡的最高处,你远眺,已无凭可依,无栏可扶——故乡,作为村庄的样子裹挟着缕缕薄雾越过山脚、河岸,出现在对面的山梁上,大地安好。

原载于《散文诗》(上半月版)2022 年第 9 期

执灯而立,或影问(五章)

觉悟

曾经是无悔的,无悔亦是空。在废墟下经常看河,河里的天空也是涟漪式的空。一只飞鸟在飞,它不是河里的真实,它在寻找什么?

河里无鸟,是空。天空中,飞鸟过后,也是空。

一个男子,他曾经只想握手拥抱。

向生活和人世致意。

他偶尔握拳,斗争也是空。

看着鸟儿已经飞走的蓝天下,流过泪水的双目,也终于空无一物。

复盘

贴紧一叶枯荷的阳光,秋风一吹,脆薄的声音仿佛光芒落下马去。

然后,就是一片真实的荷叶。

干枯的晚年依旧脉络清晰,如果形容,我会首先想到蝉翼的标本。

生命静止后,大大小小的几何结构演示着曾经的生命力为何旺盛。

枯荷不死。

我要让它永生。

我叫回走远了的泥鳅、青蛙和小龙虾，让它们再次生动在荷的根部。

让时间迷途知返，珍惜刚刚过去的热烈的夏天。

对，夏天。荷花正在开放，荷叶神采奕奕地绿。

谁也不会轻易地把人间况味与残荷对应。

每一片荷叶都是充分的叶绿素，它是黑暗中的藕努力生长的秘密。

其时，荷花正美。蓓蕾如处子，盛开若少妇。

枯荷不死，或者说先让一片荷叶死而复生，我要省略的恰恰是荷花。

荷叶，这圆脸的喜庆。

预言着看不见的藕，在后来的秋天终于告别全部的憋屈。

当藕有了出息，荷叶才能心甘情愿地枯萎。

这个秋天，我不想重复常规的赞美。面对眼前的一叶枯荷，和日后更加广泛的枯萎，我想让自己当一回神。

神一发话，时光就往回跑。

跑到一田小荷，才露尖尖的角。

童话那样地自由生长，是为永生。

风度

新砌的粮仓是为它们准备的。

人们将要举镰,它们的头颅是众人眼中的庄稼。

这成熟的红。

它们是北方的高粱,擎着火炬。

在北方的秋天,在秋天的田野。

任我怎么呼喊,它们也不能学会向稻菽那样,熟了之后,反而谦卑地垂首而立。

原载于《作家》2022年第3期

弓影

如何解决杯弓蛇影的问题?

把弓从墙上取下,搭箭,射出去。

还有一种办法更简单,用杯中酒洒地祭奠那些死于蛇毒的人。

其实,心理之路虽然忐忑不平,历史的车轮依旧会滚滚向前。

如今的墙壁,很少挂着弓。

禅意、座右铭,远古的意境代替了勇士的兵器。

下面的文字属于虚构：

弓影倒映在我的酒杯中，我会一干而尽？

给我一臂神力，开弓三百石。

强敌当前也是虚拟的，即使一箭不能中的，我也会矢志不渝？

现实中的我，却要检讨自己。

也曾心有余悸，也曾明哲保身。

明天，我想去寻一张强弓，换下书房里的那幅"难得糊涂"。

影问

"为什么我会倾斜？"

"因为光，因为光的方向不正。"

"是你——我的主人，你的身子歪了？"

"你如果怀疑我的刚直，我可要柔软地躺下。光从哪个方向照下，你都只能被我压着。"

"事实上，可否忽略斜与正？你看着我，就知道了光的位置。"

"而且,我是你身体的矫正仪。"

"主人,我仅仅是追随或者顺从吗?如果我消失了,你就会变成一个无影之人。那该多么可怕?"

影子问得好呢。

所以我经常在深夜散步,我让自己身、影合一,在夜色中,上面是高远的天空和嵌在天空的星辰,地面,一个会移动的影子,一个发出缓缓足音的影子。

原载于《十月》2022年第2期

虬枝或禅定（二章）

森林，一抹光垂直坠落

梦到一棵树的光影。

春天了，森林从此处缓慢行走，路顺着人站立的位置进入冥想状态。

这是一个辽远、幽深、未知之地，密林中的光借助一棵树于腐朽中诞生。厚厚的枝叶交叠平铺在泥土上，可我见不到泥土，如同你见不到一枚树叶真实的面孔——

森林忧愁起来了，熹微的曙光已无法自持，悄然凋谢。

收拾歉意，树静卧在清晨听有你的每一声脚步。此时恰好什么人路过这里，将光芒遍布我全身及远处无人的森林。蓦地，我成朝霞与落日流转且错落有致的云朵，依附于你，借助你的肉眼折射出人、物、世界的存在。

而此刻，枝与叶腾空的缝隙，一抹光垂直坠落……

树,组成一组组队列蜿蜒伸向我,森林退到了我近在咫尺的后面。

不,请允许我立即结出梦的果实,供我幡然醒悟!

虬枝,或禅定

尽可以旁逸斜出!

不能容忍的、无法耐受的、积存多年的暗夜辉映着这棵树。

层次分明,透过隔窗我检验你的存在,隐性的拯救同我一同踏入法雨禅寺的钟声里,同我一起消耗彼此的时间。风声虽已足不出户,青色的皱纹却依旧伏案做法——

布谷声,沉重的脚步,一两个锈蚀的灵魂前仆后继在空旷的枝头。静,认真地流泻!

白昼与黑夜同时眷顾这荒芜的森林。

年轻女子三步一跪拜,朝日出的方向祭祀,禅定。

我暗自惊叹你的复古,尽管历尽岁月,却仍然擎举淡雅素朴的姿势攀缘在生命的高处,叩响无数个我或者他的心门。

天与地一尘不染且静止了,即使黝黑瞬间萌动,森林无状,亦仰望在你的足下。

盈满与亏损已无的放矢……

原载于《六盘山》2022年第4期

别肃州记（节选）

1

再醒来时，已在南方的某个城市。

望向祁连雪山的目光，被命运书写为一句清晨的叹息。

我从城西搬到城东，只为接受命运的转折，与荒漠为邻，而文字却反复提醒："一个人即是她的阴影，如同飞机的影子快速移动，覆过千里祁连，和你无数次逃离的梦境……"

而后，我们在这租来的空间与时间里，一再表演别人的生活。

只有前朝的金柝声，在一页读剩的书中，余音袅袅。

3

青春则是一次暗夜的光。

暮色在中午突然降下，"我该如何接受这命运飞地中，必然的断裂，在这语言的骨节上"。

夜行的列车，抛弃这千万里的雪山与宿命，在时间的前面。

空间的焦虑之手，再次将我拽回曾经的匈奴之域，没有金戈与铁马，只有无尽的文章在花式程序中。

4

我在这漫长的等待中，虚构了你。

亲爱的，只有你能安慰我斗室跋涉的陈述句、比喻句，与冗长失眠的描写，抵抗这茫然的瀚海之旅。

告别是一个反复的过程，如同那失水的肉块，被兀鹰从骨头上剔走。

流水会再回到雪山的峭壁，以雪，以冰，反复梦见古老的城市。记忆的骨架，横亘在我往后的岁月。

"当你告别一座城市时，它才会初次活在你的血液里。"

时间的河西走廊终以隐喻的方式，将我带到你微笑的陈述句中。

原载于《星星·散文诗》2022年第5期

伞·碑魂及其他（组章）

伞

雨天，撑开一轮太阳；炎日，支起一片荫凉。一层纸。一层布。

或者是一种心境，一个合乎情理的想象、假设，都可以造就一方天地。每把伞、每个人，都可以拥有一方天地。

碑魂

紧挨着庄严的国境线。在一方极普通的花岗石墓碑上，铭刻着一个边防战士最后的遗言：

"请将我站立着埋葬吧——永远地脚踏生我养我的热土，背靠美丽、富饶而强大的祖国，面对一切敢于来犯的敌人！"

水仙

一盆清水,你生活之所需如此地简朴。

一茎,高高地擎起一束花蕾——你目标的指向又是如此地明确;葱青、玉白,显示出生命的质地与本色。

犁的追求

你走过的地方,总要留下深深的足迹;你翻耕过的田土,总要增加几分收成;每当你揭开一页埋藏着的记忆,总会发现几处——经久未愈、难以忘却的伤痕。

残雪

抢先进驻本地的一小股春风,把几顶冬的破帽随手扔在了季节的门外——那可是白雪公主酝酿一冬,晶莹、纯净而坚贞的情爱呀,涓涓滴滴,融入了春回日暖、拥抱着种子和根须的大地。

石拱桥

远远地望去,真不敢相信:那么一帮冥顽不化的糟老头,竟然如此井然有序地、优雅地,围坐在一张古老的圆桌旁,谈经论道,临水抚琴。

匠心独运——一堆来自山涧野岭的乱石,成就了这江南水乡一处绝妙的风景。

迎春花

早上醒来,满室馨香。

原来,从户外沿着墙根爬上窗台口的那几株迎春花,在昨晚深夜里静悄悄地开放了。

晓的薄雾里,点点透露:竟是你眨巴忽闪、欲语的眸光。

(可曾窥见我梦中的泪,和笑?)

原载于《星星·散文诗》2022年第11期

过故人庄（外一章）

秋菊在金黄的路口猛一转身，整个村庄遍地稻香。

眨巴着眼睛的老狗横躺在石磨跟前，挡住了我的去路。我的心跳属于城市的来客，和这个秋天的谈吐格格不入。酿酒的村人火光闪耀的脸，和天色一样慢慢黑下来。

我活得不如一条苍老的土狗、一条笔直的阡陌。它们全身上下，都得到了秋天的爱抚和明天的嘉许。我从一块硕大的骨头身上，找到了命运密不透风的缺口。

我在故人家中留了一宿，热情的蚊虫把我认作亲人。多情的风和自酿的黄酒是这个村庄动听的音符，我在异乡的五线谱上一意孤行，且泣且歌。

喇叭花上所剩不多的弥音，已经敲疼了我身体里臃肿的哀愁。

故乡的秋

秋天的萤火灯,说黑就黑了。灯下的路,说短就短了。

芦苇纤细的手,越吹越拉不住。

风在寒露的陪伴之下,磕磕碰碰,跌出月下迷人的一跤。满树熟透的柿子,在跌落的途中,跳出矢车菊优雅的独舞。

虽然我很想念风雪蔓延的冬天,但依然拒绝大雁南飞的迟暮。

秋天的真理就是使一切事物静下来。和苍老的月亮一样,带着东升西落的静默。多么动容的雨后!雾气腾升,一场洪水竟然翻动了村里数年无人踏足的荒芜。

故乡给我留下一生的情敌,我选择用月亮来解读她颤抖的纽扣。

原载于《诗刊》2022 年第 7 期

图书在版编目（CIP）数据

2022 中国年度散文诗精选 / 龚学敏，周庆荣主编.
——成都：成都时代出版社，2023.8
ISBN 978-7-5464-3254-0

Ⅰ.①2… Ⅱ.①龚…②周… Ⅲ.①散文诗—诗集—中国—当代 Ⅳ.①I227

中国国家版本馆 CIP 数据核字（2023）第 102790 号

2022 中国年度散文诗精选
2022 ZHONGGUO NIANDU SANWENSHI JINGXUAN

龚学敏　周庆荣　主编

出 品 人　达　海
责任编辑　李卫平
责任校对　张　巧
责任印制　黄　鑫　陈淑雨
封面设计　许天琪
装帧设计　成都九天众和

出版发行　成都时代出版社
电　　话　(028) 86742352（编辑部）
　　　　　(028) 86615250（发行部）
印　　刷　成都博瑞印务有限公司
规　　格　145mm×210mm
印　　张　8
字　　数　130 千
版　　次　2023 年 8 月第 1 版
印　　次　2023 年 8 月第 1 次印刷
书　　号　ISBN 978-7-5464-3254-0
定　　价　58.00 元

著作权所有·违者必究
本书若出现印装质量问题，请与工厂联系。电话：(028) 85919288

黑色的，灯光是月亮和星星

秋天一些明丽的修辞/翻滚的海，透明的你，

时间之上，自约赏花人。